D1334945

LES GRIMACES

JEAN F. SOMCYNSKY

LES GRIMACES

Pierre Tisseyre
8955 boulevard Saint-Laurent. **Montréal** H2N 1M6

Dépôt légal: 3ème trimestre de 1975
Bibliothèque nationale du Québec

ISBN-7753-0066-7

« F » COMME DANS FÉNEAU

Je m'étais arrêté au milieu du trottoir afin d'allumer une cigarette. D'habitude, je n'aime pas fumer à l'extérieur: rien ne vaut un bon tabac dans la tranquillité d'un salon. Mais j'avais soudain le goût de fumer, et au diable principes et coutumes quand on a enfin envie de quelque chose! J'eus un brin de difficulté à allumer ma cigarette, car le vent d'automne s'amusait à éteindre mon briquet. C'est ainsi, par hasard, que je suis demeuré quelque deux minutes près d'un groupe de gens qui causaient, cordialement.

Un homme, dans le groupe, consulta sa montre et décida qu'il était temps de partir. On le salua: «Bonjour et à la prochaine, monsieur Ferland!» Il leva la main, rendit le salut, et s'en alla.

Trois passants, qui se trouvaient assez près du groupe pour entendre l'échange de civilités, se regardèrent d'un oeil curieux. L'un leva le doigt, l'autre hocha la tête, le troisième leur fit signe de se presser. Au bout du trottoir, deux vidangeurs jetaient des poubelles dans un camion-concasseur. Ma cigarette enfin allumée, je pus observer toute la scène à mesure qu'elle se déroulait.

Comme ce monsieur Ferland atteignait le camion les trois passants le rattrapèrent. En quelques secondes, l'un d'eux lui saisissait les bras, l'autre lui happait les jambes, et ensemble ils le précipitaient aussi sec dans le broyeur, qui se referma automatiquement sur le corps.

Ma cigarette entre les doigts, j'hésitais. Non, ces choses-là ne me regardaient pas. Il ne faut pas se mêler des affaires d'autrui. Après tout, je voyais les trois assassins fournir deux mots d'explication aux vidangeurs, et s'en aller sans que ceux-ci fassent un geste pour arrêter leur machine.

Je me suis mis alors à penser à Antoine, Antoine Fournier. Il travaillait au garage, à deux coins de l'endroit où j'habitais. Tout le monde le connaissait. Il vous réparait une voiture en un tournemain, et ne vous chargeait pas les yeux de la tête pour ses services. Oui, on l'appréciait bien, Antoine Fournier. Pourtant, on l'avait tué.

J'avais tout vu. C'était à midi. Je m'étais

penché sur le pont qui traverse le boulevard du Nord, celui qui est creusé. Antoine s'approchait, heureux, sur sa motocyclette. Un camion le rattrapa. Je connaissais le camionneur: il faisait la livraison du pain au supermarché voisin. Je me souviens aussi qu'il prenait son diésel au garage Fournier.

Pendant une minute, camion et motocyclette roulèrent côte à côte. Le temps pour les deux hommes de se regarder, de se reconnaître. Puis le camion s'approcha du côté du boulevard, cette longue muraille de ciment armé. Antoine ne pouvait accélérer ni ralentir. Sidéré, je pus voir comment le camion bloquait la moto contre le mur. Je pouvait presque entendre les supplications d'Antoine: «Non, ne me tue pas...»

Les yeux fermés, j'entendais le bruit de la ferraille qui râpait le béton. En les rouvrant, je vis les débris, la masse ensanglantée, le camion qui continuait son chemin...

Il y a eu aussi Margaret Foster. Elle travaillait dans le même bureau que moi. Intelligente, jeune, jolie, la vie lui souriait, et elle souriait à la vie. La veille, juste la veille, elle mangeait dans le même restaurant que moi. Son repas fini, elle s'était approchée de la caisse, avait sorti sa carte de crédit, l'avait présentée au patron. Celui-ci y jeta un coup d'oeil, puis fit signe au garçon. Surpris, j'observais la scène. Le garçon sortit de sa poche un fil de nylon, solide, de ceux qu'on utilise pour la pêche. Il avança vers la jeune fille, de dos, lui entoura le cou de son bout de corde, et serra.

Oh, le visage convulsé de Margaret, son corps qui se raidissait, pour retomber ensuite, flasque, inerte! Un agent de sécurité s'était bien précipité. Mais, comme le caissier lui montrait la carte de crédit, il haussa les épaules et retourna à son pupitre.

Pourquoi intervenir? Que pouvais-je faire? De quel droit me serais-je interposé? Ces choses ne me concernaient pas.

Pourtant, ces événements avaient quelque chose de curieux. Ainsi, l'on m'avait raconté que Fékéta avait été tué. Fékéta était un Noir, actif dans une association pour l'égalité raciale. Or, ses meurtriers faisaient partie de la même association. C'était bizarre, d'autant plus que Hans Foessel, le dirigeant de la société cinématographique de la ville, qui avait tant fait pour le septième art, qu'on trouvait indispensable dans les groupes culturels, eh bien, Foessel avait été assassiné lors d'une réunion du bureau de la société.

Les coupables n'étaient jamais punis.

Jamais.

Alors, soudain, j'ai compris. Ma main se mit

à trembler. J'ai jeté ma cigarette, — regrettant aussitôt ce geste, qui me rendait suspect —, et je m'enfuis.

* * *

On m'avait bien prévenu. Seulement, je n'avais pas capté le message.

Un mois plus tôt, je prenais un café avec Jean Filion, — Filion avec un 'F' —, un vieil ami, qui travaillait au Ministère de la Politique sociale. Il m'apprit qu'il avait changé de nom.

— Mais pourquoi?

— J'ai trouvé des papiers de famille, qui indiquent que mon nom s'épelait Philion, avec 'P' et 'h'. Un de mes ancêtres en avait simplifié l'orthographe. J'ai pu produire des papiers qui, bien que douteux, ont pu convaincre le Régistraire général.

— Comment ça, « douteux »?

— Hé, rit-il, c'était moi qui les avais faits.

Je ne comprenais pas.

— Écoute, Serge, me dit-il. J'occupe une position de confiance, et je ne peux pas te dire ce que je sais. Mais, à ta place, je changerais de nom, moi aussi. Féneau, on peut trouver mieux que ça.

— Phéneau, par exemple? ricanai-je. Phéneau avec 'P' et 'h'?

13

— Pourquoi pas? Ou Réneau. Enfin, arrange-toi comme tu veux. C'est difficile, mais tu as encore le temps. Tu as encore le temps, répéta-t-il.

Certes, il n'y avait pas là de quoi me convaincre. Amusé, je dis à Jean que j'y penserais. Mais je n'y ai jamais plus pensé.

Maintenant, je comprenais.

Pour en être sûr, j'ai décidé d'acheter un journal. Je ne lisais presque jamais les journaux. Je ne m'occupais guère de ce qui se passait autour de moi; pourquoi diable me serais-je intéressé aux nouvelles locales, régionales, nationales ou internationales? Pour me tenir au courant de quoi? À vrai dire, j'essayais de ne pas trop vivre. L'expérience m'avait appris que le moins de choses on connaît, le mieux c'est. Quand on se tient informé de tout ce qui se passe, on se retrouve enserré dans un réseau étouffant de décisions et de politiques qui cherchent à vous enlever encore une tranche de votre liberté, de votre sérénité, de votre temps, de votre bonheur. Je préférais ignorer le nombre de barres qu'on ajoutait à ma cage.

Le monde n'était pas beau, non. Au bureau, les promotions retombaient sur les gens qui inventaient le plus de règlements, qui élaboraient le plus de systèmes, qui concevaient le plus de formulaires, qui proposaient le plus de directives. Les journaux décrivaient le même genre d'enfer, rapportaient toutes sortes de traités, de conventions, de condamnations, de ratifications, de lois, d'interdictions. Plus on en connaissait, plus on éprouvait de difficultés à vivre.

Mais, cette dernière loi, il me fallait la connaître. Car j'étais sûr qu'il s'agissait d'une loi, et non d'une série de coïncidences.

J'ai acheté alors un journal, un hebdomadaire qui résumait les dernières nouvelles. Assis sur un banc public, je feuilletai le magazine. Bientôt, j'avais tout sous les yeux: «Le gouvernement a décrété que les citoyens dont le nom commence par la lettre 'F' ne peuvent plus justifier leur place au sein de la société. Le Ministère de la Politique sociale, en annonçant la nouvelle, a précisé que l'application de la loi sera laissée aux soins du public lui-même, à titre de devoir civique. Ainsi, dans un esprit démocratique...»

Pourquoi continuer à lire? Le décret ne fournissait aucune raison. On ne donnait plus de raisons aux lois, car personne n'y croyait. Ce n'étaient que prétextes et excuses. On ne s'occupait que de la réalité: ces fourgons jaunes qui sillonnaient la ville et emportaient les cadavres au crématoire municipal.

Moi non plus, je ne cherchais pas de raisons.

Je m'appelais Serge Féneau, et la chasse était ouverte.

* * *

La première chose à faire, c'était d'éviter les endroits où l'on pouvait me reconnaître. Ainsi, pas question de rentrer chez moi. Ce matin même, je m'en souviens, une remarque de mon concierge aurait dû me mettre la puce à l'oreille. Lorsque je passais la porte, il était là, journal en main, et disait à un voisin: «Tiens, tiens, 'F' comme dans Féneau...»

Inutile donc d'aller à mon appartement, fût-ce pour y prendre une brosse à dents.

Mes parents? Non, bien sûr, il n'était pas question que j'aille chercher du secours de ce côté-là. Ne portaient-ils pas le même nom que moi? Ma mère pouvait toujours s'en tirer en utilisant son nom de jeune fille.

Tout à coup, j'ai réalisé que mes parents avaient peut-être déjà été tués.

Au fond, je n'avais pas à m'en soucier. J'avais très peu vécu avec eux. Et les plus jeunes que moi connaissaient encore moins leur famille. On vivait assez rarement ensemble. Il était tellement évident aux yeux du Ministère, que la cohabitation fait plus de tort que de bien, que les gens avaient d'abord été découragés de vivre ensemble, puis en avaient perdu l'habitude.

Et, si on n'était pas plus heureux, là, sans famille, sans vieux amis, eh bien, on n'en était pas plus malheureux. On savait quand même qu'on vivait pour le bien général. C'était censé suffire. L'égoïsme de chacun ne nuisait guère au salut de la société. Au contraire, il facilitait les choses, en rendant les êtres encore plus isolés, et plus dépendants de l'État.

On avait quand même des copains, des relations. Peut-être quelqu'un pourrait me loger. Mais à qui me fier?

J'ai alors songé à Moran. Gilbert Moran, avec qui j'avais fait mon service civique. S'il ne pouvait pas m'héberger, au moins pourrait-il me conseiller, me donner des suggestions, me référer à des gens chez qui je n'aurais rien à craindre.

Gilbert habitait à deux kilomètres du centreville. Je m'y rendis en changeant trois fois d'autobus. En me rappelant que les transports étaient gratuits, j'ai aussi pensé que je ne pourrais pas vivre longtemps avec le contenu de mon portefeuille.

Je n'avais pas vu Gilbert depuis un mois. Ce fut donc avec la plus grande surprise que je le retrouvai sur un fauteuil roulant.

— Mais, Gilbert!...

— Eh oui...

Il me montrait ses jambes. La droite avait été amputée au-dessus du genou. Mais Gilbert n'avait pas l'air découragé, loin de là. Presque souriant, il fumait sa pipe, et avait encore un journal à la main.

— Un accident? demandai-je anxieux.

— Si tu veux. Plutôt une erreur. Le gouvernement a beau faire des efforts, rien ni personne n'est encore complètement à l'abri d'une confusion.

— Mais explique-moi...

Il se redressa sur son fauteuil, avec une brève grimace: le moignon n'était sans doute pas pleinement cicatrisé.

— Je m'étais rendu à l'hôpital pour mon examen annuel. Tu sais que c'est obligatoire, afin de s'assurer que la population jouit d'une bonne santé. J'ai passé les tests usuels. J'avais encore des électrodes un peu partout, quand une infirmière est venue régler quelques cadrans. Ensuite, deux médecins se sont approchés et m'ont donné des coups de marteau sous la rotule. Mes réflexes étaient bons. Après tout, j'ai toujours été un coureur solide. Les médecins sont sortis. C'est alors que je me suis rappelé que je devais profiter de l'occasion pour aller chercher chez Roger le marteau que je lui avais prêté. Tu sais que Roger travaille à l'hôpital, n'est-ce pas?

— Oui...

J'essayais de me retrouver dans son histoire. C'est fou comme les gens ajoutent à tout des détails inutiles.

— En sortant de la salle, poursuivit Gilbert, j'ai demandé à l'infirmière de m'indiquer le bureau de Roger. Bien sûr, je ne m'attendais pas à ce qu'il ait mon marteau à l'hôpital, mais il était près de quatre heures, et je me proposais de l'accompagner chez lui. L'infirmière me donna le nom de l'aile où il travaillait. Quand j'y fus rendu, je demandai le renseignement à une autre infirmière. Comme un médecin l'abordait, elle me fit signe de l'attendre dans un salon, et s'en alla avec le docteur. On était trois dans la salle d'attente: un bonhomme qui jouait avec une canne, un autre qui se tirait la moustache, et moi. Le boiteux demanda à l'autre de bien vouloir lui indiquer où se trouvait la salle de bains, et le moustachu l'accompagna jusqu'au corridor. C'est alors qu'un infirmier entra. Il me dit: « Ah, c'est vous? Venez. » J'ai cru que Roger l'avait envoyé me quérir, et je le suivis. Il m'emmena dans une salle où l'on me pria de me dévêtir. « Mais j'ai déjà passé les tests! » protestai-je. « Bien sûr », fit l'infirmier, « on a les résultats ». Une garde-malade s'approcha, une seringue à la main.

«Ah non!» m'écriai-je. «Je ne marche plus!»
«Ils sont tous pareils», fit-elle, désabusée, en
me faisant sa piqûre. Enfin, tu sais qu'il est inutile de discuter, dans un hôpital. Elle m'affirma
qu'elle avait les fiches de l'ordinateur et qu'elle
devait faire son métier.

— Alors? Alors?

Je dois dire que tous ces détails m'énervaient.

— Alors, le lendemain, je me suis retrouvé
avec une jambe de moins.

Mon air abasourdi lui indiquait bien que je ne
comprenais rien.

— C'est simple, m'expliqua-t-il. On m'avait
pris pour le boiteux. Écoute, vieux, il faut les
comprendre. La fille avait les résultats des tests
dans la main. L'ordinateur avait tout analysé,
et en avait conclu qu'il fallait amputer. Les médecins ne se posent plus de questions, quand
ils ont ces fiches. Pourquoi risquer un faux
diagnostic par erreur de jugement, quand il
est si simple de se contenter des résultats
écrits des tests?

— Mais ta jambe était en parfaite santé! Ça
se voyait, non? Mon pauvre Gilbert! Toi!...

— Je ne me plains pas.

En effet, il avait l'air à l'aise.

— Tout le monde peut faire une erreur,
Serge. Ça ne m'empêche pas de bien vivre.

Je reçois déjà mes allocations d'invalide. Je n'en veux à personne. Et prenons ton cas, tiens. Oui, oui, je suis au courant, je lis les journaux. Non, ne crains rien : dans ma condition, je ne suis pas tenu de remplir mon devoir de citoyen à l'égard du décret. Eh bien, le gouvernement a décidé d'éliminer tous ceux dont le nom commence par 'F'. Pourquoi? Qu'importe! Sans doute personne ne le sait. On a dû poser des questions à l'ordinateur, au sujet d'un problème de politique sociale, et par on ne sait quel circuit l'ordinateur a trouvé qu'il fallait détruire les 'F'. Que veux-tu? On tient à vivre en paix, et dans l'ordre. On ne peut pas discuter chaque décision gouvernementale. Tu ne veux pas retourner au chaos, non?

— Chaos ou pas chaos, je ne veux pas me faire tuer par le moindre inconnu qui découvre mon identité. Je suis un citoyen honnête, moi. Je n'ai jamais rien fait contre le gouvernement.

— De toutes façons, on n'agit pas contre les 'F' par vengeance, pour les punir de quoi que ce soit. Tout simplement, le Ministère a décrété que...

— Et tout simplement, je ne veux pas mourir.

Gilbert hocha la tête. Il ne comprenait sans

doute pas pourquoi je ne pouvais, comme lui, me résigner aux décisions qu'on avait prises à mon sujet. Il ralluma sa pipe.

— Tu sais, Serge, à ta place...

— Oui? fis-je, m'agrippant à une lueur d'espoir.

— À ta place, je me dirais qu'il y a moyen de s'en sortir. Il s'agit de voir les possibilités. Je te suggérerais, ainsi, de te rendre à un centre de politique sociale. Tu consulteras l'ordinateur...

Je regardai Gilbert, horrifié. Oui, soumettre mon cas à un ordinateur... Attendre le verdict... Non, non!

— Tu verras. S'il y a un moyen, l'ordinateur le découvrira. Après tout, il est programmé pour résoudre tous les problèmes.

J'ai regardé mon ami, une dernière fois. Et je me suis enfui.

* * *

Je me suis dirigé vers la place publique, afin de réfléchir à ce qu'il me restait à faire. Instinctivement, je songeais qu'en un tel endroit, plein de passants, de rentiers, d'oisifs qui n'avaient rien à faire que déambuler au hasard de leurs pensées, je me trouverais en sécurité, confondu à la foule.

Foule il y avait, ramassée autour d'une estrade où un homme criait et gesticulait. Les gens aussi hurlaient de temps en temps, applaudissaient, laissaient comme toujours à un autre le soin de peser, de juger, de décider. Au début, je n'écoutais pas. Je me disais qu'on était vraiment mal en point, tombés dans un état qui ne donnait guère de chance au plus humble espoir. On avait perdu l'habitude de la liberté.

C'était cela, l'essentiel. Si on n'était pas heureux, ni malheureux non plus, ce n'était pas à cause du manque de risque, de danger, d'imprévu. Tout simplement, il est impossible d'être heureux quand on n'est pas libre.

Et nous n'étions pas libres, non. Oh, nous avions la plupart des libertés civiques, sans doute. Mais tout était si bien organisé, réglementé, agencé, policé, qu'on n'y goûtait guère. Surtout une chose: tout était si bien arrangé, qu'on n'avait à peu près plus l'expérience des contacts humains. Nos rapports étaient fonctionnels, rationnels, objectifs. Or, c'est dans les contacts humains qu'on exerce notre liberté. Voilà ce que nous avions perdu.

J'en étais là de mes pensées, lorsque je compris de quoi parlait l'orateur. «Et c'est pourquoi il faut tuer tous les 'F', ces poisons publics qui causent les derniers malheurs qui nous accablent encore...» «Ces éléments subversifs

veulent nous forcer à faire marche arrière...»
«En avant! Mort aux 'F'! Encore un effort, et nous l'aurons, notre société propre et saine! Un 'F' de moins, voilà le signe actuel du progrès!»

J'ai applaudi, comme les autres. Frénétiquement. Car, malgré mon envie de fuir, je comprenais maintenant que la place publique était le dernier endroit où me cacher. J'étais à la merci du moindre passant qui pouvait me reconnaître.

La peur me prit. Une peur angoissante, terrible. Qu'un seul être me vît, qui me connaissait, et c'en était fini.

Que respirer est difficile, parfois! Qu'il est pénible de réfléchir, de décider ce qu'on va faire! Jamais, au cours de la vie morne et réglée que je menais, jamais je n'avais eu d'action réelle à entreprendre. Je n'avais pas l'habitude. Cloué sur place, j'écoutais.

Des tas de gens, dans la foule, s'avançaient, l'un après l'autre, et racontaient comment ils avaient tué qui Fortier, qui Fiu Tin-Lou, qui Ferguson, qui Fytche, qui Falardeau. C'était horrible. Quelques jours plus tôt, ces inconnus avaient eu des amis, des parents; et ceux-là même les avaient exécutés. Et ils en étaient fiers, car ils l'avaient fait pour 'la société nouvelle', 'la société meilleure', prévue par le Ministère de la Politique sociale. Et tous les félicitaient. Et on applaudissait. Et j'applaudissais aussi, dans la ferveur, le délire général.

Enfin je pris le parti de m'esquiver, notant que d'autres aussi vidaient les lieux. Rendu à l'autre bout de la place, le courage me manqua, mes jambes fléchissaient, je me laissai tomber sur un banc.

Pourquoi? demandais-je. Pourquoi? Mais à quoi bon m'interroger? Le Ministère avait pris la décision, et nul n'était qualifié pour en discuter. Je ne devais pas y penser. Je devais prendre la situation telle quelle — pour une raison ou une autre, j'étais condamné à mort —, et trouver un moyen d'y échapper, un endroit où me cacher.

Brusquement, je sentis la présence de quelqu'un. Un homme, debout, à deux pas, arrêté. Et il me regardait.

Et il me regardait.

— Mais je vous reconnais, fit-il.

De quelle façon allait-il me tuer? Impossible de fuir. Sidéré, glacé, je levai les yeux.

S'il me connaissait, ce n'était certes pas réciproque. Il avait l'air affable, distingué, un bon visage de vieux libraire.

Rester calme. Ne pas éveiller de soupçons. Faire semblant que je ne comprends pas ce qui arrive. Feindre que je suis innocent de tout, que je ne suis qu'un homme qui a oublié un visage.

— Vraiment?

— Oui, oui. Vous étiez là-bas. Vous écoutiez le discours.

— Ah oui!

Je crus m'évanouir de soulagement.

— Vous permettez?

Il s'assit à mes côtés. Je le vis jouer avec ses lunettes, sortir une pipe, l'allumer. Il me dévisagea en souriant.

— Alors?

Que dire? Prétendre que je ne savais pas de quoi il voulait parler? Faire un commentaire banal sur la température? Je fonçai.

— J'ai trouvé cela excellent. Le Ministère a eu raison de laisser au peuple le soin d'appliquer le décret. C'est ainsi qu'on fortifie et qu'on apprécie la démocratie.

Il hocha la tête, satisfait. Puis, d'un ton débonnaire:

— Jadis, vous comprenez, on tuait pour des raisons stupides. Prenez les guerres de religion, par exemple. Ou les luttes raciales. On a souvent liquidé une ethnie complète, appauvrissant du coup l'héritage de l'humanité. Tenez: quand on avait des disputes linguistiques, qu'est-ce que ça donnait? Non, c'était stupide. Puéril. Tuer quelqu'un parce qu'il est d'une autre couleur, qu'il appartient à un autre groupe, qu'il soutient une théorie économique particulière, qu'il défend d'autres pensées politiques... Mais c'était enfantin, tout cela! Et on y perdait. Parfaitement! Si nous avons atteint notre degré de civilisation, c'est parce que des tas de gens, de groupes, de classes, de mouvements différents ont apporté une contribution.

Son visage eut presque une expression de tristesse: la douleur qui peut saisir un archéologue qui fouille des ruines saccagées par une guerre, et qui auraient pu être mieux conservées.

— C'était brutal, irréfléchi. Rappelez-vous: on internait des Japonais, des Tibétains, on déplaçait des Ukrainiens, des Acadiens, des Estoniens, on coupait les mains de gens de tribus ennemies, on éventrait des femmes enceintes, on exterminait des Biafrais, des Tziganes, des Bengalais, des Mohicans, des Algonquins, on débarrassait les villages des vieux, des rejetons femelles, on gazait des Juifs, on brûlait des Vietnamiens, on tuait des papistes, on tuait des réformistes, on éliminait des musulmans, des chrétiens, des animistes, on guillotinait des aristocrates, on détruisait des cultures, monsieur, des cultures uniques, irremplaçables! Vous me direz que, dans certains cas, l'humanité n'y perdait pas grand chose. Mais c'est faux! Les méthodes grossières s'accompagnent toujours de gaspillage.

Je ne disais rien. Mais il ne s'attendait pas à des commentaires. Parler lui suffisait.

— Le Ministère suit une politique qui est génétiquement supérieure aux autres. Vous étiez bien jeune, quand on a éliminé chaque deux-cent-cinquantième personne inscrite dans nos bottins téléphoniques. Mais c'était déjà juste, cela! Raffiné! Biologiquement valable! Cela s'accordait pleinement avec les lois du hasard. On ne détruisait pas aveuglément notre patrimoine commun.

Il faisait peur, avec son sang-froid scientifique, ses certitudes, ses explications. Le plus effrayant, c'était qu'il n'avait nullement l'air méchant, sadique, injuste. Au contraire, il ressemblait à un humaniste authentique, heureux de démontrer que le temps des tueries fratricides et bêtes était révolu.

— Un nom, c'est quelque chose d'artificiel. En éliminant les 'F', mon cher ami, on ne fait aucune distinction d'âge, de sexe, de couleur, de croyance, de culture. Je suis sûr, positivement sûr, que la société n'y perdra rien. Bien entendu, on tuera quelques savants, des poètes, des amis, des techniciens. Mais ce qu'il ne faut pas oublier, c'est que l'ordinateur du Ministère est programmé de façon à voir toutes les possibilités. Et la preuve de son efficacité, c'est qu'il a décidé de procéder de façon intelligente, sans erreur ni déchet ni confusion, en sacrifiant un groupe alphabétique, abstrait, sans conséquence culturelle ou génétique.

Dans le temps, j'eusse aimé raisonner comme lui, de façon à faire rire le monde. Mais on ne riait plus souvent, maintenant. Et surtout pas moi.

— Mais je dois partir, s'excusa-t-il. Je vous remercie de votre attention. J'espère qu'on se reverra pour en discuter plus à fond.

Et il partit.

* * *

Brutalement, je comprenais qu'il n'y avait plus d'espoir.

J'étais coincé. Le décret du Ministère recevait partout un accueil chaleureux. Comment pouvait-on critiquer la politique sociale qui avait fait de nous un peuple prospère et sans problèmes? Moi-même, je ne songeais guère à me révolter. Je voulais sauver ma peau, oui. Mais je ne discutais pas le décret. Au plus, je pouvais reprocher à l'ordinateur d'avoir choisi les 'F' plutôt que les 'T' ou les 'O'.

Donc, si je n'approuvais pas le décret, c'était par égoïsme. Certain 'F', plus dévoués, l'acceptaient sans doute avec abnégation. Il y en a toujours qui sont prêts à s'immoler pour l'avenir de l'humanité. Moi, cependant, je tenais à la vie.

La vie. Mais était-ce une vie? Je n'arrivais pas à croire que l'homme fût fait pour alimenter et justifier les programmes des ordinateurs. Car l'ordinateur était présent, toujours, partout. J'avais beau essayer de croire en d'autres choses — l'amour, le soleil, le sexe, les chants, les fleurs —, je confrontais partout et toujours les ordinateurs des ministères.

Ce n'est pas qu'il n'y eût pas d'amour, de sexe, de chants. Dès l'enfance, on passait régulièrement des tests, on remplissait des questionnaires, et l'ordinateur nous disait ce qu'on aimait, ce qu'on voulait, ce qu'on devait faire. Et il faut dire que les tests étaient honnêtes, et les ressources de la collectivité placées à la disposition de chacun.

Oui, nos désirs étaient interprétés par l'ordinateur sans tricherie, avec une parfaite rigueur scientifique, tout à fait objectivement. Les préposés aux tests, avec une neutralité indifférente, nous fournissaient les réponses: vous, vous désirez changer de travail; vous, vous avez envie de faire l'amour en groupe; vous, vous devriez prendre des vacances; vous, un bon repas vous remettra d'aplomb. On recevait alors nos cartes, nos tickets, nos rendez-vous. Dans certains cas, si on n'était pas satisfait du verdict, on pouvait passer un test plus élaboré, en précisant que nous préférerions un deuxième choix comme réponse. Généralement, on finissait par reconnaître que l'ordinateur avait vu juste. Après tout, les programmes étaient vérifiés et revérifiés par les meilleurs psychologues.

Personne n'avait la moindre raison d'être frustré, ou mécontent. On ne rencontrait dans les ministères aucune hostilité. Il s'agissait d'une immense indifférence, où chacun était un cas à régler.

C'est cela: chaque existence était un cas à régler. Le Ministère de la Politique humaine fabriquait des citoyens; le Ministère de la Politique sociale se chargeait de justifier leur existence.

Les fonctionnaires n'étaient pas nécessairement des génies. De temps en temps, on voyait qu'alors même qu'ils pensaient prendre des décisions intelligentes, l'ordinateur ne faisait que décupler leur bêtise. Mais la plupart des programmes établis avaient été tellement analysés, revus, contrôlés, qu'ils fonctionnaient de façon satisfaisante.

Certains ne voulaient pas utiliser les ordinateurs: il y a toujours des originaux. Mais ils étaient rares, et finissaient soit par se révolter et commettre des crimes, soit par se résigner au système après quelques années de résistance.

Au fond, on n'avait pas de raison sérieuse de s'opposer à l'usage des ordinateurs. On avait opté pour eux afin de n'être plus le jeu des passions humaines. Personne ne pouvait préférer les anciens modes de vie, où l'homme était perdu, seul, rejeté par ses semblables et opprimé par ses gouvernants. On ne se sentait plus dirigé, mené, joué. Tout se réglait par ordinateur, mais les solutions s'avéraient justes, et non pas à l'avantage de groupes ou d'individus. Les prix, les salaires, les fonctions de chacun, l'endroit d'habitation, les relations sexuelles, les contentieux, étaient réglés par des ordinateurs, selon la logique, les particularités des gens, les possibilités offertes.

C'était une société bien ordonnée.

Irrespirable. Étiolante. Mais contre laquelle on n'avait rien à redire.

Deux conséquences, pourtant, dont je me rendais maintenant compte. On se fiait tellement aux ordinateurs, qu'on ne savait souvent plus ce qui motivait et expliquait leurs décisions, et qu'on n'osait guère les contester. On avait même perdu tout réflexe en ce sens. L'élimination des 'F' était sans doute une décision juste, vu l'excellence des programmes et l'impartialité reconnue du gouvernement. Moi-même, j'aurais eu mauvaise grâce à m'y opposer, cette fois, tout bonnement parce que c'était à mon détriment.

L'autre conséquence, c'était qu'on avait perdu le sens de l'action individuelle. À chaque problème, à chaque difficulté, on se tournait vers un centre de politique sociale, où l'ordinateur faisait le travail pour nous. Encore maintenant, c'était vers là que mon ami Gilbert m'avait conseillé de me tourner. On n'avait pas l'habitude de se débrouiller tout seul.

Et que faisais-je, moi-même, sur ce banc public, sinon attendre mon assassin?

*   *   *

La nuit tombait. Si je demeurais là, je finirais par attirer l'attention. Je décidai de trouver un hôtel à bon marché.

J'ai pris un autobus jusqu'à un quartier éloigné, que je n'avais jamais fréquenté, et où je ne risquais pas de tomber sur un visage familier. Dans une pharmacie, j'ai acheté une brosse à dents, un rasoir, un peigne. Déjà soucieux de ménager mes ressources, j'avais décidé de me frictionner les dents à l'eau et de me raser au savon.

Une rue étroite, en retrait du boulevard. Un

hôtel de second ordre. Je me suis approché du comptoir, et j'ai demandé une chambre. L'hôtelier me présenta une fiche.

Il fallait y inscrire mon nom.

J'hésitais.

Le bonhomme me regardait, surpris. Après tout, tout le monde connaissait ces fiches, et les siennes ne demandaient pas de renseignements bien particuliers.

Il fallait agir. J'eus alors une idée. Et, à la ligne, j'inscrivis mon nom: Serge Péneau.

Ensuite, dans ma chambre, que j'avais payée d'avance, je sortis mes papiers d'identité et je transformai mon initiale. Je n'étais plus un 'F', mais un 'P'.

Je me suis jeté alors sur le lit, et j'ai dormi vingt-quatre heures.

* * *

Je suis resté trois jours dans cet hôtel. J'essayais de méditer, de réfléchir. Peine perdue. Que peut-on décider, dans l'inaction?

Deux fois par jour, je sortais manger. Cela me coûtait cher en effort et en tension. Chaque visage que je croisais me menaçait. Que quelqu'un fît un geste brusque, et je sursautais, convaincu que ma dernière heure était venue. La sensation d'avoir été condamné sans appel

34

me pénétrait, lugubre, glaciale.

Dans les restaurants où je mangeais, je me cachais derrière un journal et j'avalais en silence un mauvais repas. Je lisais les nouvelles et les éditoriaux. Les manchettes tournaient autour du même sujet: «La démocratie à l'oeuvre», «La société se purifie», «253 'F' éliminés d'un coup», «Le peuple applique les principes de la politique sociale», «Une autre victoire collective», «Un 'F' confesse ses infamies avant de mourir», «L'heure du salut approche». Les institutions participaient activement à l'élimination des 'F'. Les hôpitaux avaient décidé d'anesthésier à mort les femmes enceintes qui venaient avorter ou accoucher et dont le nom commençait par un 'F'. Dans les centres ludiques où les drogués s'inscrivent pour recevoir leurs comprimés, on distribuait aux 'F' de la strychnine pure. Les grands laboratoires scientifiques recueillaient les enfants de parents déjà tués et les envoyaient dans l'espace et dans les profondeurs marines au cours d'expériences routinières. Il va de soi que tous les 'F' qui se trouvaient dans les prisons, les sanatoriums, les écoles, avaient été rapidement exécutés.

Les assassinats privés devenaient de plus en plus cruels. Comme il restait de moins en moins de 'F', on se mettait à plusieurs pour les tuer. La méthode la plus usuelle était l'étranglement, mais on voyait souvent des gens retenir quelqu'un pendant qu'un autobus lui écrasait la tête, ou le précipiter du haut d'un édifice. Ces scènes se déroulaient bien des fois sous le regard bienveillant d'un agent de police. Afin d'accélérer encore le processus d'élimination, le gouvernement venait de décider de verser une prime pour chaque 'F' tué.

Je mis le journal de côté. Ces nouvelles étaient loin de m'exalter. Je regardai autour de moi. Un couple retint mon attention.

Ils étaient là, l'un devant l'autre, silencieux. Les traits immobiles, le regard vidé, dénués de chaleur, de vivacité, un miroir l'un pour l'autre, ils se contemplaient sans se voir, marionnettes au repos. Ils mangeaient, et l'on eût cru qu'ils étaient déjà morts.

C'étaient deux amoureux.

Ils venaient de coucher ensemble, ou allaient le faire. Oh, je devinais tout cela. N'avais-je point souvent été l'un d'eux? Chacun avait été à un centre de politique sociale. et avait signifié un désir de relations sexuelles avec quelqu'un de telles et telles caractéristiques. Ayant certainement précisé un penchant pour les sentiments, l'ordinateur, en les mettant en contact, leur avait ménagé ce tête-à-tête.

Mais que pouvaient-ils bien se dire? Notre mode de vie était tellement dépourvu d'amour!

On n'avait plus l'habitude... C'est fou ce que le sens des contacts humains disparaît, lorsqu'on n'a qu'à demander au gouvernement ou à une agence ce que nous souhaitons avoir. La gratuité des relations humaines était une notion oubliée.

Notre système était plus rationnel que les tâtonnements du passé. Mais l'homme n'est pas fait pour vivre rationnellement. Pas de cette façon.

Que je comprenais donc ce couple immobile, correct, sans tristesse et sans joie! Et que j'avais le goût de partir, de cesser de vivre, non, de vivre ailleurs, dans une société où l'on concevait différemment, si cela était possible, le bonheur des gens.

* * *

En sortant du restaurant, j'étais d'humeur mélancolique. Je ne voulais pas rentrer à l'hôtel. J'ai déambulé dans les rues, l'esprit rabattu. Le visage de la jeune fille aperçue au restaurant me troublait. Pourquoi n'étions-nous pas heureux?

Je suis entré dans un cinéma. Je me sentais plus en sécurité dans une salle noire que dehors. Le film était à la fois obscène et politique. Le personnage principal, François Fisher, s'accoquinait avec une bande de malfaiteurs, Falcucci, Flamand, Frey et Futala, et ils menaient ensemble une existence dépravée, asociale. On les voyait détruire des ordinateurs, séduire des femmes sans passer par des centres de politique sociale, fabriquer leurs propres drogues, caresser des enfants sans l'approbation des instituts de la politique humaine, rejeter le gouvernement, et finir minés par des maladies et lynchés par une foule justicière.

Des images du film me semblaient familières. Oui, oui, j'avais vu ce film, bien des années auparavant. Le personnage principal ne s'appelait pas Fisher, mais avait 34 ans. C'était l'époque où le Ministère avait décrété que tous les citoyens âgés de 34 ans étaient du surplus et devaient être liquidés. On affirmait qu'à cet âge les gens devenaient un risque sérieux pour la société. Par la suite, les démographes avaient fortement critiqué l'usage de ce critère, et la campagne d'élimination avait pris fin en moins de quelques semaines.

C'était inquiétant. Non qu'on utilisât le même film deux fois, mais que la politique sociale exigeât pour le bien collectif l'élimination périodique de larges segments de la population. Peut-être fallait-il pallier l'absence de guerre? Ou régulariser l'expansion de la population?

Je partis, sans plus me poser de ces questions inutiles. Personne ne savait le pourquoi, personne! Les meilleurs techniciens ne pouvaient plus découvrir par quels cheminements, par quels circuits complexes nos ordinateurs parvenaient à leurs réponses. Autant me mettre cela dans la tête une fois pour toutes et ne m'occuper que de ma survie.

Chemin de l'hôtel, un sentiment de danger m'oppressait. J'avais parlé brièvement avec l'hôtelier. Il me demandait d'où je venais, s'il y avait beaucoup de Péneau dans la ville, si je fréquentais assidûment ma parenté. Il avait prononcé mon nom plusieurs fois.

Oui, je me souvenais de son air. Il me regardait, tranquillement, avec le sourire de ceux qui vont trahir.

Oh, que j'appréhendais l'instant où j'atteindrais l'hôtel! Entrer ou ne pas entrer? Avait-on découvert mon jeu? Mais que pouvais-je faire, de toutes façons?

Avant de pousser la porte, j'inspectai les lieux, le nez contre la vitre. Tout semblait normal. J'entrai. L'hôtelier me salua, comme les autres soirs. Ma méfiance ne relevait que de mon imagination.

Mais l'hôtelier alla tirer le verrou de la porte. Et j'ai compris que j'avais eu raison.

— Non, je crois que je vais ressortir, fis-je. J'ai oublié d'acheter le journal.

Il sourit:

— Les kiosques sont fermés. Mais tenez, prenez le mien. Oui, j'en ai fini. Et bonsoir.

Il était trois fois plus fort que moi. Je me résolus à monter l'escalier. En silence, j'arrivai à ma chambre. Je collai l'oeil au trou de la serrure.

Silencieux, deux policiers attendaient, l'un assis sur la chaise, l'autre fumant sur le lit.

Le téléphone sonna. Un agent prit l'appareil. C'était sans doute l'hôtelier qui les prévenait de mon arrivée.

Éviter la panique. Chercher une issue. Oui, la salle de bains de l'étage.

Faire vite. Dans une minute, les policiers allaient certainement sortir, me chercher. J'ai fermé la porte de la salle de bains. La fenêtre donnait sur la rue. Il y avait des passants, mais personne ne devait me remarquer, car le mur n'était pas éclairé.

Je me suis laissé glisser, agrippé au rebord de la fenêtre. On cognait à la porte. Au moment où on la défonçait, je tombais sur le trottoir et je me mettais à courir.

* * *

Pendant une semaine, j'ai vécu caché, inquiet, de plus en plus apeuré. Je changeais d'hôtel chaque jour. Je guettais les bruits, les ombres, les silences. Chaque expression des hôteliers m'angoissait. Mon secret était-il découvert? M'avait-on déjà dénoncé?

Pourtant, d'une manière louche, honteuse, je m'habituais presque à ma situation. Si je n'étais devenu qu'un paria, qu'un citoyen de second ordre, je suis sûr que je me serais tout à fait résigné à ma condition. Mais cela, du reste, était impossible. Car on ne voulait pas me cracher au visage: on voulait me tuer.

Et j'avais beau loger dans des chambres minables, j'avais beau ne manger que des repas maigres, mes ressources financières tiraient à leur fin.

Un soir, je me suis décidé à agir. Le hasard m'avait conduit dans une rue isolée. Un passant avançait.

Je me baissai, et saisis une pierre qui s'était détachée d'un vieil escalier.

Non. Ne pas hésiter.

Le bonhomme, un type dans la cinquantaine, bien habillé, ne m'avait pas remarqué. Je me précipitai sur lui, et l'assommai brutalement d'un coup de pierre sur la nuque.

Il s'écroula. Il était à moi. Fébrilement, je mis la main sur son portefeuille.

Avant même que j'aie pu l'ouvrir, je remarquai trois hommes autour de moi. Puis d'autres. Et un agent de police.

— C'était un salaud, fis-je. Frédéric Felteau.

Je le connaissais.

— Ah, un 'F' !

— Un autre !

— Un de moins ! Bon travail !

On crachait sur le corps. Certains lui donnaient des coups de pied. On me félicitait.

— Oui, ajoutai-je. J'ai pris le portefeuille pour l'amener à un centre de politique sociale.

— Je vois, commenta le policier. Oui, vous avez raison. Pour la prime, n'est-ce pas ?

J'avais honte. J'avais peur. Je voulais m'en sortir, quitter l'endroit, me mettre à l'abri.

— Non, non. J'ai fait cela pour la patrie. Afin que la société vive mieux.

— Bravo ! Bravo ! criait-on autour de moi.

Dans les circonstances, pas question de dévaliser ma victime. Le taux des primes d'exécution était fixe. Je remis le portefeuille à l'agent, qui le glissa dans sa poche sans même vérifier l'identité du bonhomme.

— Vous ne voulez donc pas toucher la prime ? demanda-t-il.

— Non. Je n'ai fait que mon devoir.

Le patriotisme, heureusement, permet de couvrir tous les crimes. Je m'apprêtai à partir.

— Un instant. Vos papiers, s'il vous plaît.

Courir ? M'enfuir ? Impossible. Je lui présentai ma carte, sur laquelle j'avais encore modifié mon initiale après l'incident de l'hôtel.

— Serge Réneau. Très bien. Je prends votre numéro. Mon ami, nous vous enverrons la médaille de service à la collectivité.

— Hourrah! Bravo! Quel bel exemple!

Les gens semblaient prêts à me porter en triomphe. Moi, je me sentais tout petit, mal à l'aise, horriblement mal à l'aise. Et j'avais peur: si jamais le policier décidait d'ouvrir le portefeuille... S'il remarquait que l'inconnu ne s'appelait sans doute pas Felteau...

— Je n'ai fait que mon devoir, répétai-je. Comme chacun de nous doit le faire. Et comme je le ferai encore, si l'occasion se présente.

— Oui! Nous aussi!

— Eh bien, mes amis, bonne chance! Chacun de son côté, on aura tôt fait de purifier notre ville. À bientôt, et encore bonne chance!

Je reculais. Bientôt, après un dernier salut et une dernière salve, je me suis retourné, et j'ai pris le chemin le moins éclairé, de façon à me perdre aussi vite que possible dans le noir et dans ma honte.

* * *

Voilà deux fois que je l'échappais belle, et que je frôlais des policiers. Diable, que de sensations! J'en frissonnais encore. Personne n'avait pris la peine de vérifier si j'avais vraiment tué ou simplement assommé le soi-disant Felteau. Au fond, cela m'était égal. Qu'est-ce que cela pouvait bien faire, que les gens vivent ou meurent?

Si je me sentais mal à l'aise, si j'avais eu honte, c'était par réflexe. La nouveauté du geste. Le contact humain. Le fait d'avoir essayé d'obtenir ce que je voulais directement, par un acte individuel, sans passer par aucun ministère.

J'avais agi. De moi-même. C'était un échec, mais mon geste était acquis.

Depuis ma naissance, l'Etat s'était occupé de moi. Tous les services possibles, dûment institutionalisés, je les avais eus à ma disposition. Un jouet, une femme, un travail, un voyage, je n'avais eu qu'à le demander, et je l'avais reçu. Depuis ma naissance, la société avait été pour moi une serre chaude, où je n'avais pas eu à bouger. Cette fois, je venais de briser ma coquille.

J'avais agi. Seul. Sans l'avis expert d'aucun ordinateur. Sans que cela soit porté à aucun dossier d'aucun ministère (L'histoire de la médaille ne me préoccupait pas, sachant que ces choses prennent des mois et des années à être réglées).

J'avais agi. J'avais été mal à l'aise, au début. Mais, là, je jubilais.

J'étais libre.

— Bonjour, monsieur Féneau.

44

Ça y est! J'ai fermé les yeux. Attendre.

Le coup ne vint pas. J'ai décidé de réagir, de riposter, de me battre.

— Pardon?

— Serge Féneau, n'est-ce pas? Oui, oui, je vous reconnais.

Il parlait bas. De toute évidence, il ne voulait pas me trahir. Il était jeune, plutôt mince, le regard soucieux. Moi aussi, je le reconnaissais. Il avait fait son service civique dans ma rue, en nettoyant les façades des maisons. On avait même fumé ensemble, à l'occasion.

Je jetai un coup d'oeil autour de nous. Sans trop m'en rendre compte, j'avais abouti dans le quartier universitaire. (On appelait encore ainsi le coin de la ville où se trouvaient les bâtiments des instituts supérieurs du Ministère de la Politique humaine).

— Je vous voyais rôder depuis cinq minutes. Écoutez: même ici, vous êtes en danger.

— Mais non! Mais non! protestai-je. Vous faites erreur. Je m'appelle Péneau, et... Non, Réneau...

Il sourit:

— Personne ne s'appelle Péneau, ni Réneau. Venez. Je connais un endroit sûr.

Que faire? Je le suivis. Il m'emmena dans un café d'étudiants. Il eut la prévoyance de m'installer à l'ombre d'une colonne, où je risquais le moins d'attirer l'attention. Ensuite, il alla lui-même nous chercher de quoi boire.

— Nous sommes sûrs que l'ordinateur a commis une erreur, affirma-t-il.

— C'est douteux. Les programmes sont bien vérifiés.

— Par qui? Par des gens qui ont tout intérêt à continuer d'exercer le contrôle des programmes.

— Non, non. La validité des programmes est établie par ses résultats d'ensemble. Si la société fonctionne, cela veut dire que chaque décision s'avérait nécessaire.

Malgré moi, je répétais les leçons apprises. Mais il insistait:

— Sauf dans ce cas. Ils ont commis une bévue. Et sait-on ce qui arrivera à la société, s'ils conservent le contrôle des ordinateurs!

— Je m'en fous, moi. Ce que je veux, c'est rester en vie.

— Cela ne suffit pas.

— Cela me suffit.

— Je vois que vous êtes affecté par votre expérience. Mais réfléchissez. Si d'autres personnes étaient au pouvoir, les 'F' n'auraient pas été condamnés.

— Sait-on jamais? On se serait attaqués aux 'M', ou aux 'A'.

— Peut-être, mais c'eût été plus juste.

— Pas pour les 'M' ni pour les 'A', suggérai-je.

— L'essentiel, c'est que nous remplacions ceux qui dirigent la société. Alors on sera sûr que les décisions sont les bonnes.

Il devait me trouver décevant, vu que je ne voulais pas jouer son jeu. J'entrevoyais d'autres solutions. Ne plus être gouvernés, dirigés, policés. Pouvoir agir, librement, chacun à sa façon. C'était encore confus, dans ma tête.

On discuta pendant une demi-heure. Enfin, il leva le doigt:

— Écoutez: je vous emmènerai à une réunion qui pourrait être le signal de votre salut.

— Où ça?

— Venez.

À travers des ruelles et des tunnels, par des détours de toutes sortes, il me conduisit à une vieille maison noyée dans l'obscurité. Il devait bien connaître l'endroit, car il trouva sans peine une porte que je n'avais même pas remarquée.

— Nous connaissons tous l'intérieur. Ainsi, on n'a pas besoin de l'éclairer. Suivez-moi.

Comme un aveugle, je pénétrai à sa suite dans la maison. Il me disait quand faire attention aux marches, quand éviter un mur, où monter l'escalier. On se retrouva ainsi au deuxième étage. Dans une chambre sombre, une douzaine de jeunes gens, assis à terre, discutaient.

On me présenta. Quelques-uns se levèrent, on me serra la main, on me donna des tapes encourageantes sur l'épaule. Puis la conversation reprit son train.

— Il s'agit d'examiner le geste du gouvernement dans une perspective historique. Serions-nous ce que nous sommes, aurions-nous atteint notre niveau de civilisation, sans Fulton, sans Franklin, sans François Premier, sans le grand Frédéric, sans Fourier? C'est parmi les 'F' que nous trouvons les illustres bienfaiteurs de l'humanité que furent Freud, Feurbach, Fontenelle, et tant d'autres! Que serions-nous, si on avait éliminé Fustel de Coulanges, La Fontaine, Faraday? Que serait notre vie culturelle sans De Falla, sans Fidelio, sans Falstaff, sans Feydeau? Le gouvernement sait cela, et appauvrit volontairement l'héritage des générations futures, pour mieux dominer une société affaiblie. Si au moins il s'en était pris aux 'H' ou aux 'S'! Mais pas aux 'F', bon sang, pas aux 'F'!

Il s'assit en s'épongeant les tempes. Une jeune fille prit la parole, vigoureusement:

— Je suis d'accord! Les héros, les savants, les artistes, les génies, les philosophes, que l'on vient de nommer, méritent notre indélébile reconnaissance. C'est pourquoi il faut s'opposer au gouvernement. Il faut empêcher qu'on continue à raréfier cette source magnifique, ce réservoir immortel de talent où puise l'humanité depuis des siècles!

— Car qu'arrivera-t-il, si on n'intervient pas? lança un autre. Le ministère décrétera la destruction de Florence, la destruction de la France! Mais oui! Et on nous interdira de manger des fraises, du flétan, du foie, des framboises! Il faut intervenir! Il faut renverser le gouvernement, et contrôler l'État! Et c'est nous qui déciderons qui éliminer!

On applaudit. Je n'avais certes pas le goût de participer à cette réunion subversive, mais je me disais que je n'avais plus beaucoup de chances de salut, et que je devais m'accrocher à chacune.

Une autre jeune fille se leva.

— Nous vivons un moment crucial de l'histoire. Plus que jamais, les 'F' sont exploités, opprimés, acculés au pied du mur, tués! Je ne suis pas une 'F'. À peu près aucun de nous n'est un 'F'. Mais nous savons ce qu'est la solidarité, la fraternité, le devoir social! S'agit-il de lutter pour la libération des 'F'? Répondons: présents! Voulons-nous lutter pour l'émancipation des 'F'?

— Présents! hurla la salle.

— Voulons-nous lutter pour que justice soit rendue aux 'F'?

— Présents!

— Voulons-nous lutter jusqu'à la victoire finale des 'F'?

— Présents!

— Mes frères, mes soeurs, la supériorité des 'F' a été démontrée au cours de l'histoire. Les noms qu'on a cités en font foi. Pour les 'F' absents, je crie: 'F' du monde entier, unissez-vous! Et je fais le voeu de me sacrifier au besoin pour cette noble cause.

Un silence respectueux accueillit ces propos. Oh, je trouvais qu'ils parlaient bien, ces jeunes gens! Et j'appréciais leurs sentiments. Mais pourquoi voulaient-ils glorifier les 'F', alors qu'il suffisait de reconnaître que nous étions, nous aussi, des personnes humaines, et que nous voulions surtout vivre, tranquilles, dans l'anonymat général?

Aussi, je craignais un peu de me voir embarqué dans un mouvement révolutionnaire. Il ne s'agissait pas pour moi de remplacer le gouvernement: je voulais qu'on ne me tue pas.

Quand, à la fin de la soirée, on me demanda de prononcer quelques mots, je me suis contenté de dire que l'émotion me coupait la parole, mais que j'étais de tout coeur avec eux. Puis je m'esquivai, discrètement.

* * *

Je n'allai pas loin. À peine avais-je parcouru cinquante mètres, qu'une jeune fille m'approcha, à bout de souffle.

— Oh! je croyais vous perdre.

— Je n'ai pas tellement marché.

— Oui, mais j'ai couru quand même. Où allez-vous?

C'était une des jeunes filles qui avaient participé à la réunion. Inutile de prétendre quoi que ce soit.

— Je ne le sais pas, avouai-je. Depuis quelques jours, je couche dans des tas d'hôtels différents. Mais je n'ai plus d'argent. Je pensais marcher droit devant moi, au hasard, et me trouver un coin perdu où passer la nuit.

— Non, fit-elle. Non.

On se regarda. Elle était certainement jolie, avec une allure décidée qu'on rencontrait de moins en moins. Moi, de quoi pouvais-je avoir l'air, avec mon visage fatigué? Elle esquissa un sourire.

— Venez chez moi.

— Chez vous?

— Oui. J'habite seule. C'est un petit appartement.

Je ne dis pas un mot, mais il était entendu que j'acceptais. On marcha, côte à côte. Elle finit par me prendre le bras. Encore un geste qu'on voyait rarement, dans cette époque froide

51

où les rapports humains n'étaient qu'utilitaires. Mais je n'étais pas vraiment heureux. Je sentais confusément qu'elle s'affichait avec moi, qu'elle m'aidait, parce que j'étais un 'F', avec la fierté des jeunes filles de jadis qui se promenaient avec un paria, quelqu'un d'une autre race, d'une autre langue, d'une autre croyance. J'étais le prétexte qu'il lui fallait pour qu'elle se sente émancipée, libérée des préjugés, généreuse, exemplaire, nettement supérieure.

Ou étais-je injuste, incapable de reconnaître un sentiment d'amour humain? Et même si elle ne s'occupait de moi que par charité, n'en avais-je pas rudement besoin? Si cela pouvait m'aider à survivre!...

Et voilà que déjà je ne considérais plus la jeune fille que comme un moyen, un instrument. Un peu honteux, je lui serrai la main. Elle me répondit par un beau sourire.

— Voilà. C'est ici.

C'était un petit appartement, du genre qu'on fournit aux meilleurs étudiants. On causa, en buvant un café. Elle m'expliqua qu'elle était en charge d'un journal subversif, qu'elle préparait un numéro spécial sur les 'F', que la police les harcelait mais n'avait pas de preuves contre eux, vu que le journal ne circulait que dans des groupes restreints. Ce n'était peut-être pas beaucoup, mais je ne me souvenais guère d'avoir rencontré quiconque faisant montre d'autant de vitalité: elle agissait sans en avoir vraiment besoin, sans y être obligée, sans suivre les directives d'aucun ordinateur. C'était merveilleux.

Je voyais aussi qu'elle se leurrait sur bien des choses. Ainsi, elle croyait aimer la politique, alors qu'elle était surtout passionnée par le journal. Elle croyait se dévouer à la cause des 'F' pour des motifs humanitaires, alors qu'elle était surtout fière d'affronter les opinions courantes. Elle croyait donner un exemple à tous, alors qu'elle ne faisait surtout que s'admirer. Mais qu'importait tout cela, puisqu'elle était jolie? Et je me sentais bien.

— Mais il est tard, remarqua-t-elle. On devrait se coucher maintenant, si on veut faire l'amour avant de s'endormir.

On prit une douche, en vitesse, et, bien rafraîchis, relaxés, on gagna le lit. Je ressentais quelque chose de bizarre en faisant l'amour avec elle. Il me semblait qu'elle ne le faisait pas avec moi, mais avec une image d'elle-même. Je lui fournissais l'occasion de se voir comme l'héroïne qui ose faire l'amour avec un 'F', un condamné, un rejeté.

De toutes façons, c'était bon. Très bon. Et je dormis d'un sommeil calme, infiniment.

Le lendemain, on déjeuna, puis on fit l'amour

une dernière fois. Elle m'expliqua que je ne pouvais demeurer chez elle plus longtemps sans attirer l'attention. C'était bien vrai. Je la remerciai de tout cœur. Et on se sépara.

Ce n'est que plus tard que je remarquai qu'elle avait glissé plusieurs billets dans mon portefeuille. Mais je ne l'ai plus revue, et je ne pus lui dire combien je lui étais reconnaissant.

* * *

Les jours suivants, j'ai vécu dans divers hôtels, sous le nom de Réneau. Il y en avait bien qui l'épelaient Raynaud; cela ne me dérangeait guère, au contraire.

Je ne sortais pas souvent. Un jour, j'avais rencontré des gens attroupés dans un chantier, un immeuble en construction. Les ouvriers avaient fait cercle autour d'une dizaine d'individus, de tous âges et tous sexes. Et ils les avaient lapidés, avec des briques, des éclats de ciment, des chaînons. Presque chaque jour, m'avait-on expliqué, on ramenait des camions de 'F', et on les exécutait publiquement, dans l'allégresse générale. Il faut bien que les travailleurs s'amusent, après tout. On ne peut pas laisser tout le plaisir aux fonctionnaires, aux étudiants et aux rentiers.

Ces tueries quotidiennes m'énervaient. À voir combien il était devenu facile de tuer quelqu'un, tout simplement parce qu'il portait une initiale particulière, je n'osais plus regarder personne en face. Le moindre mouvement brusque d'un inconnu m'envoyait des frissons dans la racine des cheveux. Quelqu'un me dévisageait une seconde, je m'apprêtais à fuir.

À l'hôtel, je pouvais songer à mon avenir. Si avenir il y avait.

La situation allait-elle se prolonger, ou ne s'agissait-il que d'un accès de fièvre d'une société trop rigidement structurée? Le massacre allait-il se parachever en génocide complet, ou les tensions s'amenuiseraient-elles en simple ostracisme? Les journaux semblaient bien indiquer que l'ordinateur avait décrété la fin des 'F' au sein d'une politique à long terme, réfléchie, impitoyablement établie. Par contre, on savait que les journaux ont coutume d'exagérer.

Évidemment, je ne pouvais pas me fier à une amnistie éventuelle. Je devais suivre l'hypothèse du génocide. Combien de temps cela prendrait-il pour éliminer tous les 'F'? J'estimais que nous formions de 3 à 4% de la société. C'était considérable, certes, mais pas assez pour que les autres aient trop de difficultés à se débarrasser de nous.

« 'F' du monde entier, unissez-vous! » avait proclamé quelqu'un lors de la réunion subversive. Ce n'était pas facile, étant donné qu'on ne

pouvait quitter l'anonymat. Mais quand même?
On pourrait former des ghettos. On pourrait
s'offrir comme de la main-d'oeuvre à bon marché, concurrençant le service civique. On pourrait réclamer un territoire, s'installer quelque
part, entre nous, essayer de bâtir une autre société. Si rien de cela ne fonctionnait, on pourrait
se lancer dans l'action clandestine, former un
mouvement terroriste, nous défendre au moyen
du sabotage jusqu'à ce que le Ministère nous
reconnaisse au moins le droit de vivre. On pourrait alors exiger l'exil, et s'en aller en Floride, en
France, en Flandres, au Finistère, aux îles Fidji,
en Finlande, n'importe où, du moment qu'on
nous accueillerait comme des citoyens libres.

Oui, on pourrait faire des tas de choses.

Mais, en attendant, j'étais seul.

Voilà l'essentiel: j'étais seul, et on voulait me
tuer.

Seul, il n'était pas question que je fisse du terrorisme, ou que je réclame un territoire, ou un
visa d'émigration. Je ne pouvais pas espérer
non plus qu'une autre main charitable vînt me
secourir. La belle étudiante avait embrassé le
crapaud, mais celui-ci ne s'était pas transformé
en prince. J'avais tout au plus reçu un nouveau
bail à court terme. Non, je ne devais compter
que sur moi-même.

Je pouvais toujours essayer de joindre les

groupes de drogués et de miséreux qui circulaient dans les bas-fonds et les quartiers mal famés. Le gouvernement les tolérait, trouvant plus facile d'avoir des groupes de déviants que de permettre la vente d'alcool moins coupé d'eau, de café moins décaféiné, de tabac à plus haute teneur en nicotine, de cigarettes avec plus de cannabis. En somme, on supportait des quartiers restreints d'asociaux afin de sauvegarder la fadeur générale de la société.

Mais, comme tout le monde, j'hésitais à pénétrer ces milieux. Ne racontait-on pas des histoires de voleurs, de suicides, d'orgies dangereuses, de moeurs déréglées, au sujet de ces quartiers-là? Je craignais le désordre. Non, en y pensant bien, je ne considérerais cette solution qu'en dernière extrémité.

Alors, changer d'identité. Transformer Réneau en Raynaud, comme on avait tendance à l'épeler.

J'ai appelé Jean Philion, mon ami du Ministère.

— Impossible, mon vieux. Il est trop tard. Écoute, tout le monde sait ici que les gens qui changent de nom le font parce qu'ils sont des 'F'.

— Mais si je le change de Réneau en Raynaud? Ce qu'il me faut, ce sont des pièces d'identité toutes neuves. Des papiers légaux, contrôlables.

— Entre toi et moi, Serge, on sait que tu es passé de Féneau en Péneau; et, ça va de soi, de Péneau en Réneau. Si la police ne t'a pas encore retracé, c'est qu'elle est trop occupée ailleurs. Mais un conseil: laisse tomber Réneau.

— Mais que veux-tu que je fasse?

— Te cacher. Résister, en attendant de meilleurs temps.

— S'ils viennent! soupirai-je.

— Bien sûr, s'ils viennent! Mais je n'y peux rien, vieux. De toutes façons, ce n'est pas ma section. Et j'ai du travail, ici. Excuse-moi.

Il raccrocha. Et je suis resté longtemps les yeux fermés, cherchant à m'enfoncer dans le noir de mon âme, pour me soustraire au noir menaçant qui m'entourait de partout.

* * *

De nouveau, j'étais à court d'argent. Je décidai, pour étirer mon pécule, de ne plus coucher dans des hôtels. Trouver des maisons abandonnées, des immeubles en construction, des ponts. Garder l'argent pour manger, et manger le moins possible. Voler, au besoin, mais en faisant plus attention que l'autre fois.

Cela marcha assez bien. Je dormais mal, mais je dormais. J'arrivais à me raser dans des toilettes publiques. J'ai même pu, une fois, laver mes sous-vêtements, discrètement, à la fontaine d'un jardin.

Mais j'avais l'esprit lourd, et fatigué.

Un soir, je me suis mis à rôder autour des quais. Je voulais rencontrer quelqu'un, parler à un être humain, établir un contact.

Celui que j'ai rencontré était difficilement un être humain. Hirsute, sale, les yeux rouges, le nez pourpre, il semblait appartenir à une autre race. Il me regarda arriver, avec un air de crapaud, et m'interpela :

— Hé, toi ! Est-ce que tu n'offrirais pas un verre à un malheureux dans le besoin ?

J'hésitais. Ma réaction était de l'ignorer, de poursuivre mon chemin sans m'attarder même à répondre non. Mais la tentation me prit de le choisir comme compagnon de détresse.

Je suis allé acheter une bouteille de mauvaise eau-de-vie, et je m'installai avec le clochard dans un recoin de la façade du quai.

On buvait à même le goulot, sans parler, sans même nous regarder. Dire que j'avais déniché ce déchet comme contact humain de la dernière chance ! Dire aussi que j'avais mis dans cette bouteille une bonne partie de mes derniers sous ! Le destin qui nous pousse a vraiment un macabre sens de l'humour.

Enfin, le clochard me lança par en-dessous un

de ses regards de reptile:

— Tu es jeune, toi. Pourquoi bois-tu?

Quelque chose en moi me disait que le temps des mensonges était fini: puisque la mort me reniflait déjà, autant dire la vérité. Oui, parler...

Cependant... Le fait de dire la vérité n'allait-il pas justement me précipiter dans l'abîme?

— Pourquoi bois-tu? cria-t-il, irrité par mon silence.

— Je voulais parler à quelqu'un de vivant, répondis-je, sans mesurer mes paroles, rien que pour l'apaiser.

Alors il rit.

Il s'agissait d'un rire cynique, histérique, maladif. A toutes fins pratiques, je me mis en position de répondre à une attaque, si jamais le bonhomme devenait dangereux.

Mais il riait encore, et des éclats sanguinolents tremblotaient dans ses yeux globuleux.

— Vivant, moi? Hé oui! Du moins, je ne suis pas mort. Mais j'ai été condamné à mort.

— Es-tu un 'F'?

Il cracha, méprisant.

— Certes non! Je me respecte encore, moi! Si j'étais un 'F', je me serais déjà jeté à l'eau. Sale engeance! Quand on a la lèpre, on s'éloigne.

Évidemment, je ne me suis pas lancé à la défense des 'F'.

— Pourquoi as-tu été condamné, alors?

60

— Parce que...

Il hésita, tout à coup. Je voyais toutefois que ce n'était pas par crainte. Non, il avait un regard vraiment perdu. Et douloureux.

— Je ne sais plus, avoua-t-il.

Saisissant la bouteille, il avala une longue lampée du poison.

— Ça fait tellement longtemps... Je ne sais plus. Ça aussi, je l'ai oublié.

Il ricana:

— Eux aussi, ils m'avaient oublié. C'est pour ça que j'ai survécu. On ne m'a pas pardonné: on m'a oublié. Il est juste que j'aie oublié, alors.

Son histoire m'apparaissait vraisemblable. N'avait-on pas, de tout temps, condamné à mort des tas de gens pour des raisons futiles dont on ne se souvient plus? Tu as une pigmentation plus forte de l'épiderme? À mort! Tu portes les cheveux longs? À mort! Tu crois que les anges ont des moustaches? À mort! Tu es né du mauvais côté de la frontière? À mort! Ton père t'a légué une particule à ton nom? Tu préfères une langue à une autre? Tu fais l'amour d'une façon spéciale? Tu lis des livres qu'on n'aime pas? À mort! À mort! À mort! Comment s'étonner alors qu'un vieillard au cerveau rongé par l'alcool ait oublié pourquoi, un jour, on avait voulu se débarrasser de lui?

— As-tu déjà été condamné, toi? me

61

demanda-t-il.

— Non, mentis-je.

— Et tu veux vivre?

— Oui, affirmai-je.

Il me dévisagea, encore une fois. Diable que son regard moisi, stagnant, me mettait mal à l'aise! Il me semblait que des limaces me parcouraient le visage.

— Pourquoi veux-tu vivre?

Il posait des questions comme des coups de fouet.

— Pourquoi veux-tu vivre? hurla-t-il encore, d'un ton sec, froissé par mon hésitation.

Que répondre? Oui, je savais pourquoi je voulais vivre. Mais je ne trouvais pas les mots justes. Pourtant, comme il gonflait ses babines de batracien avant de me questionner une troisième fois, je répondis:

— Je veux vivre, parce que ça pourrait être différent.

Oh, son regard méprisant, sans pitié, et pourtant si plein de pitié!

— Non, ça ne peut pas être différent! Et ce ne sera jamais différent. Mais je te trouve sympathique, va! Buvons donc.

Au bout de quelques minutes, il me demanda si j'avais de quoi fumer. Je lui dis que non. Il fit une moue de découragement, puis se décida à sortir un paquet de cigarettes de sa poche.

On fuma ensemble. À travers cette louche solidarité, je sentais l'atroce tristesse d'exister.

— Et pourquoi voudrais-tu que ce soit différent? J'ai étudié, tu sais. J'ai même enseigné, jadis. L'histoire. Sais-tu quand les gens ont été heureux? Au Moyen Âge. Eh oui, ne fais pas cette tête-là! Au Moyen Âge, tout le monde pensait de la même façon. On ne s'occupait pas de l'individu, et on ne s'occupait pas de soi. On était fermier, négociant, soldat, artisan, et on voulait que ce qu'on faisait soit bien fait. Tout était uniforme. On servait le seigneur, l'Église, la communauté. Oh oui, on était heureux!

Il but, ferma les yeux, se passa la main sur le front, sur le visage. Il avait l'air de parler tout seul.

— Aujourd'hui, on essaie de retrouver ce bonheur. On veut que chacun sacrifie sa vie pour la collectivité, en servant l'État. Et il faut que tous pensent la même chose, et mènent le même genre de vie. Oui, il le faut! C'est la seule chance de retrouver le paradis. Le paradis...

Allait-il pleurer? Je le crus, un instant. Mais il me regarda tout à coup, le visage boursouflé de passion, presque de haine.

— Je sais qu'on va gagner.

— Je le crois aussi, fis-je, en n'osant dire: « Je le crains ».

— Bien sûr qu'on va gagner! La preuve, c'est qu'on a réussi l'expérience d'élimination des 'F'. Car c'est une expérience. Un test. C'est vrai, on a des arguments. L'ordinateur n'a pas choisi les 'F' pour rien. Il est certain que le monde aurait été plus heureux si l'on avait toujours éliminé les 'F'.

— Pas toujours, protestai-je. Après tout, Fulton, Faraday, Flaubert...

— On s'en serait passé! Non, écoute: est-ce que nous ne serions pas plus heureux s'il n'y avait pas eu ces grands responsables de la pollution de l'air, Ford et Ferrari? Est-ce que Freud ne nous a pas fait perdre un temps précieux avec ses ritournelles? Est-ce qu'on n'aurait pas pu se passer de Frédéric, de Foch, de Ferdinand, de Franco, de Frontenac? Est-ce que Fermi ne nous a pas conduits au bord du gouffre? Est-ce que les Fleurs du Mal et Fragonard n'ont pas empoisonné des générations? De la pourriture, les 'F'! De la pourriture! Ah, il était grandement temps de s'en débarrasser!

Son visage était effrayant. Ce déchet, à peine vivant, que secouaient des rages inattendues, quel spectacle pour qui cherchait une simple relation humaine! Et pourtant, ne trouvais-je pas en lui ce que je cherchais? Le mourant lève le bras pour serrer une main pour la dernière fois, et on lui présente un poing.

— Le Ministère a raison, ânonnait-il. Il faut désherber le jardin. En finir avec ceux qui ne veulent pas le bonheur général. Retourner au Moyen Âge. La conscience collective. La croyance en l'État. La pensée commune.

Son langage ne manquait pas d'être incongru. Qu'il était donc tombé de haut! Quelle épave d'un meilleur passé! Il se léchait de temps en temps des filets de bave qui affleuraient aux coins de ses lèvres et se lovaient contre deux verrues. Ses yeux roulaient toujours des éclats de sang sur des points jaunâtres.

— Comprends-tu que c'est un test, maintenant?

— Mais qu'est-ce que ça peut donner?

— Triple con! Si les gens continuent à éliminer les 'F', à accepter la décision du Ministère, sans même s'occuper des arguments de l'ordinateur, seulement parce que l'État en a décidé ainsi, eh bien, ça voudra dire que l'on a une pensée de masse, et qu'on a retrouvé le bonheur unanime.

— Le Moyen Âge.

— Justement. Mais c'est l'avenir, mon gars, c'est l'avenir! Et que je regrette de n'avoir pas vingt ans!

Et dire que, repoussé par les citoyens ordinaires, j'avais entrevu comme dernier espoir de me joindre aux déviants, aux rejetés qui hantaient les faubourgs abandonnés! Je comprenais que le gouvernement les laissât en paix: ces gens, malgré leurs manies, pensaient comme les autres.

Quelque chose m'intriguait encore:

— Si tu crois en ces choses-là, pourquoi ne t'es-tu pas tué, quand on t'a condamné?

Son regard, gonflé d'alcool, me pénétra pour la première fois de son horrible réalité humaine:

— Oh, j'ai fait tout comme.

On finit de boire la bouteille. Il fuma une autre cigarette, sans m'en offrir. Enfin, lourdement, sans un mot, il se leva et partit.

Je me suis traîné à sa suite, le long du quai. Ma tête me faisait mal. Je n'arrivais pas à penser distinctement.

Las, je me suis laissé tomber près d'un arbre, et je m'endormis.

* * *

Le soleil. La vie. La bonne caresse du soleil dans l'air frais du matin.

Une présence. Est-ce un homme? Suis-je déjà en danger? Non, c'est l'arbre.

J'ouvre et je ferme les yeux, plusieurs fois.

Bien qu'esquinté, fourbu, je me sens vivre. La rosée a laissé une couche de fraîcheur sur mes paupières.

66

Je ne pense pas au clochard. Je pense à la jolie étudiante qui m'a été douce. Qu'il ferait bon de se réveiller auprès d'un beau corps, jeune et dispos! Faire l'amour. Ne penser qu'au bonheur.

Un café. Oui, aller dans un restaurant, m'attabler dehors, boire un premier café.

Ce matin ruisselait de promesses.

J'eus la présence d'esprit de songer à mon identité. Encore prendre des précautions. Je sortis ma carte, et je transformai le 'R' en 'B'. C'était bon. Désormais, je m'appelais Serge Béneau.

J'avais encore un peu d'argent. Je pouvais aller dans des hôtels une nuit sur trois ou quatre, et coucher à l'extérieur le reste du temps. Survivre. Et commencer à être sur le qui-vive pour me procurer d'autres sous, fût-ce en volant.

J'ai trouvé un restaurant neutre, anonyme, qui me convenait. Que le café me faisait donc du bien, chaud et pénétrant! La radio jouait de la musique...

Non. La radio ne jouait plus de la musique. C'étaient les nouvelles. «Les attaques contre les 'F' seront désormais tenues pour des cas flagrants de discrimination, et punies avec toute la rigueur de la loi. Les déplorables manques d'humanité auxquels nous assistons depuis des semaines devront cesser. Les 'F' sont des citoyens à part entière, et... »

Était-ce possible? Le clochard avait eu donc raison? Le décret anti-'F' était une expérience, et on y mettait fin, le gouvernement ayant constaté son succès?

Je n'ai pas eu le temps de me réjouir. Bien sûr, en tant que 'F', j'étais de nouveau libre et respectable. Mais ma nouvelle identité? Je portais des faux papiers, maintenant. Comment ferais-je pour réintégrer mon emploi, mon domicile, mon existence? Tiendrait-on compte des circonstances, ou me condamnerait-on pour évasion? Je m'étais soustrait à la justice, après tout.

Non, non. On ne pouvait rien prouver, rien démontrer. Aucune accusation ne tiendrait. Je dirais que j'ai perdu mes papiers. D'autres 'F' auront sans doute survécu, eux aussi. Certes, la police cherchait Serge Péneau, et sans doute Serge Réneau. Mais on n'avait rien contre Serge Béneau, et rien non plus contre Serge Féneau. J'allais vivre!

Je ne pouvais pourtant pas rentrer chez moi dans mon état. D'abord me reposer. Me raser. Ensuite, remis à neuf, je prendrais les moyens nécessaires pour reprendre ma place dans la société.

En sortant du restaurant, après avoir dévoré un bon petit déjeuner, je me mis en quête d'un hôtel. Je trouvai, par instinct, une boîte médiocre qui ne devait pas coûter cher. L'hôtelier m'observa, soupçonneux: on ne prend pas de chambre aussi tôt le matin. Il y avait deux jeunes gens accoudés au comptoir. Mais qu'avais-je à craindre?

— Votre nom, s'il vous plaît? Vos papiers?

— Serge Béneau. Ce sera pour une nuit.

Je sortais de l'argent de ma poche lorsque un des jeunes hommes, d'un geste brusque, saisit une paire de ciseaux sur le comptoir et me planta vivement les lames dans le cou.

Effaré, la gorge pleine de sang, râlant, je le regardai. Le concierge aussi le dévisageait, interdit.

— Mais...

— Vous n'avez pas lu le journal? fit le jeune homme, en riant.

Je m'étais écroulé. J'entendis encore sa voix, amusée et satisfaite.

— Ah, il ne m'aura pas échappé! C'est mon premier, vous savez? Oui, le gouvernement a décrété que tous ceux dont le nom commence par la lettre 'B' doivent être éliminés...

Ottawa
19 juillet/19 août 1972

LE CRÂNE BRISÉ

Il y a cent mille ans, un groupe de chasseurs poursuivait un troupeau de boeufs sauvages. La steppe, frissonnante. Neuf hommes nus, silencieux, robustes, fauves. Près de la moitié des adultes de la tribu. Ils avaient l'air féroces, et pourtant leurs yeux reflétaient le profond émerveillement d'exister. Le ciel, les herbes, les papillons. L'horizon, sourire de douceur qui les enivrait de beauté. La plaine était belle, et le soleil était beau, et ils sentaient dans leurs muscles et dans la crispation de leurs poitrines toute la musique de la vie.

Après avoir marché trois jours, collés à la piste du troupeau, ils venaient tout juste d'atteindre les splendides bêtes aux longs poils bruns. Trois jours. Karjak avait hésité avant de s'éloigner aussi longtemps du campement. Oh, il aimait toujours poursuivre le gibier, le traquer avec ses camarades, l'attaquer, se battre contre l'animal, le tuer, boire son sang chaud, ramener la dépouille aux siens. Il aimait surtout aller droit devant lui et s'étonner de découvrir tant d'arbres nouveaux, tant de bêtes inconnues, tant de paysages inattendus qui lui coupaient le souffle de joie. Mais, au campement, il y avait Vélio, le chamane.

Karjak, accroupi dans les hautes herbes, les poings serrés autour de sa courte lance, attendait que les premiers boeufs foncent. Il respirait l'odeur des bêtes inquiètes qui se savaient déjà entourées d'ennemis. Bientôt on commencerait à crier, à hurler de l'autre côté du troupeau, et les bêtes cernées fuiraient en direction opposée. Mais là les attendaient Karjak et quatre autres chasseurs, prêts à enfoncer leurs pieux dans le corps d'un boeuf, et peut-être d'un deuxième. Quelle fête au campement, le lendemain, à leur retour! Et Vélio dirait que c'est grâce à ses chants et à ses incantations que la chasse avait été fructueuse.

Il fallait tuer le sorcier.

Karjak respira le parfum de la terre humide. Les herbes poussées par le vent caressaient ses cuisses nerveuses. Sa lance, il la sentait comme un prolongement de son bras. Tellement de vie, tellement de vie!... Le soleil pesait lourd sur ses paupières, mais il fallait garder les yeux bien ouverts: les premières bêtes surgissaient déjà. Il s'élancerait et frapperait le chef du troupeau en plein cou. Il le laisserait agoniser et attaquerait un second boeuf avec sa hache de pierre dure. Chacun savait ce qu'il avait à faire. Et pourvu que personne ne se fasse piétiner.

À demi redressé, les genoux frémissants, les bras fermés, le regard presque tendre, car il aimait déjà la bête qu'il allait tuer, Karjak s'assura que ses camarades aussi étaient prêts.

Il grogna.

Oui. Il fallait tuer Vélio.

Et il ne pensa plus qu'au boeuf musqué qui se précipitait sur lui.

* * *

Les hommes dansèrent autour des deux boeufs abattus. Ils frappèrent des mains en criant la joie du succès. Les paumes contre les reins, ils firent la ronde autour des carcasses chaudes. Leurs dents riaient comme un soleil au milieu de leurs babines rougies.

Arlou, les plus fort des chasseurs, prit dans ses doigts l'amulette de corail qu'il portait au cou.

— Vélio l'a dit, cria-t-il. Il a enfermé l'esprit de la chasse dans ce coquillage. C'est grâce à lui qu'on a fait bonne chasse. Vélio est grand et sage.

— C'est vrai, renchérit un autre. Nous lui

donnerons le coeur et le foie des bêtes, et il nous bénira.

— Vélio est grand et sage, répéta le jeune Dolek, qui venait à la chasse pour la première fois.

Karjak ne disait rien. Qu'aurait-il pu dire? Ce n'était pas tout bonnement en voyant l'amulette du chamane que les boeufs s'étaient écroulés. Il avait fallu trouver leur piste, les suivre, les atteindre, les traquer. Il avait fallu les observer, deviner leurs instincts, leurs réflexes. Il avait fallu dresser le piège, les pourchasser vers les cinq hommes aux aguets, à contre-vent. Le premier boeuf était tombé tout de suite, transpercé par trois pieux. Le deuxième, plus coriace, il avait fallut le terrasser à coups de haches et de pierres, car, quoique blessé aux côtés par deux lances, il refusait encore de ployer les genoux. C'est ainsi qu'on les avait tués, à force d'adresse, de courage et de vigueur.

Et Arlou, qui avait tué tellement de bêtes dans sa vie, parlait de son coquillage...

Il fallait tuer Vélio, le sorcier qui empoisonnait leurs coeurs. Jeter ses amulettes à la mer, ses masques, ses costumes. Brûler ses fétiches, son cadavre, son souvenir. Oublier son existence. Recommencer à vivre collé à la ferveur de la terre.

Tuer Vélio.

Tuer le sorcier.

Comme les vagues à marée haute, cette pensée pénétrait de plus en plus loin dans le cerveau de Karjak. Il y songeait depuis des mois. Au début, comme les autres, il avait été fasciné, envoûté par le chamane. Il l'avait écouté. Avec le temps, il avait pourtant compris qu'il fallait démêler dans les paroles du vieux sorcier ce qui était utile de ce qui était de la divagation. Et les mois avaient passé, et les ans, et voilà que Karjak découvrait qu'insidieusement les paroles de Vélio avaient fait des ravages dans l'âme même de la tribu. Il fallait le tuer, oui, avant que son influence ait ruiné irréparablement leur communauté.

Sans rien dire, donc, une fois la danse finie, Karjak aida ses compagnons à fabriquer les brancarts qui serviraient à traîner les boeufs musqués jusqu'au campement.

Et on se mit en chemin.

Et le soir, dans l'abri temporaire de branches et de feuilles, le visage illuminé par les éclats du feu de camp, Karjak réfléchit à sa vie.

* * *

Sa vie. Mais sa vie n'avait-elle pas commencé le jour où la tribu s'était trouvée devant les falaises pleines de crevasses, de fissures et de grottes? Avait-il vraiment vécu avant le jour où il s'était arrêté devant le feu, à l'entrée de la grotte, et qu'il avait vu, dans la fumée, le regard immobile de Vélio?

Que faisait Vélio, l'ermite, dans cette grotte perdue entre la mer et la plaine qui s'étendait de l'autre côté de ces falaises rocheuses? Il était d'une autre race. Il parlait une langue qu'on ne comprenait pas, et qu'on écoutait en silence les soirs où le vieux sorcier invoquait les esprits et conjurait les vents, la pluie, le soleil. Les siens l'avaient-ils abandonné? Était-il le seul survivant d'un groupe errant décimé par une maladie?

La tribu avait campé au pied de la falaise, entre les roches et le sable de la plage. Ils avaient disposé en cercle leurs abris de troncs, de peaux et de branchages. Ils avaient parlé de l'étrange solitaire qui vivait dans la caverne. Et ils s'étaient retirés, après avoir désigné les trois hommes et la jeune fille qui iraient le lendemain aborder l'inconnu.

Le matin, chacun se baigna dans la mer. Ils avaient marché pendant des semaines en quête d'un coin fertile où ils pourraient se reposer avant de reprendre leur séculaire vagabondage. Ils savaient qu'on pouvait se nourrir de la mer, car ils avaient déjà rencontré des hommes qui vivaient de la pêche.

Karjak, deux compagnons et la jeune fille s'étaient dirigés ensuite vers la grotte du solitaire. La jeune fille avança vers l'entrée, tandis que les trois hommes s'asseyaient à l'écart. Trois chiens les surveillaient, en grognant.

Un peu plus tard, l'ermite parut, vêtu d'une longue tunique rougeâtre. Il regarda longuement la jeune fille et les trois hommes ébahis qui l'observaient. Ceux-ci lui firent signe que la femme était pour lui, que la tribu la lui offrait en témoignage d'amitié.

Longtemps ils demeurèrent ainsi, immobiles. Puis Vélio ôta sa tunique et en recouvrit la jeune fille épouvantée qui n'avait jamais senti une telle texture sur sa peau. Quand enfin elle se fût rassérénée, le vieil homme la prit par le bras et l'entraîna dans sa grotte.

Karjak et ses compagnons attendirent, sans un mot.

Vélio ressortit. Il s'arrêta devant eux et leur passa autour du cou, en formulant des paroles incompréhensibles, un collier de coquillages brillants. Puis il leur fit signe de retourner au campement.

Ils dévalèrent en criant la distance qui les séparait du reste de la tribu. Essouflés, ils racontèrent l'échange de cadeaux. Chacun voulut toucher les coquillages, essayer les colliers, entendre une deuxième et une troisième fois comment s'était déroulé le premier contact avec l'étranger. On avait peine à croire en la tunique, qu'ils avaient du mal à décrire car ils ne l'avaient pas touchée.

Et, pendant plusieurs jours, on ne revit pas le sorcier.

* * *

Vélio connaissait beaucoup de choses. Il enseigna à la tribu à s'acclimater à la région. Il leur apprit à comprendre et à maîtriser le monde, c'est-à-dire à s'en éloigner, à s'en séparer. Ainsi, les chasseurs savaient bien que les mouvements du gibier et l'évolution des plantes et des fruits annonçaient le froid ou le chaud. Le sorcier leur montra qu'on pouvait lire dans les étoiles les signes qui précédaient les changements de saison. Ce fut d'ailleurs l'occasion d'un premier affrontement entre Karjak et le chamane.

Il avait fait très froid. Depuis quelques semaines, le soir, les gens de la tribu s'enduisaient le corps de boue pour ne pas geler la nuit. L'eau de la mer était glaciale. Certains regrettaient de s'être établis dans la région et parlaient de reprendre le chemin vers des climats plus chauds. C'est alors que le sorcier convoqua les plus vieux en haut de la falaise.

Il leur montra la nuit étoilée, silencieuse, abattue sur la terre comme une malédiction.

— Les dieux ne bougent plus, expliqua-t-il. Il

leur faut un sacrifice. Ils attendent.

Karjak avait passé la journée suivante dans le bois, là où il posait des pièges. Il était heureux. Quatre lièvres s'étaient pris dans ses lacets. Sur son chemin, il avait cueilli des oeufs dans trois nids. Il allait faire chaud, puisque les oiseaux étaient de retour. Le coeur bondissant, il sentait la vie revenir peu à peu dans la terre même. En fredonnant un chant saccadé, il s'était dirigé vers le campement.

Ce qu'il y trouva le força à s'asseoir, la tête contre les genoux. Pourquoi? Pourquoi avoir fait cela?

Au milieu du campement, on avait bâti un feu. Et sur le feu, attaché entre quatre pieux, on reconnaissait le corps brûlé, rôti, de la jeune femme que la tribu avait offerte au sorcier.

Karjak arrivait au moment où Vélio commençait à dépecer la victime.

— Mange, mange. Pour chaque bouchée que tu mangeras, les dieux libèreront une étoile. Ensuite, la chaleur reviendra.

Une tristesse de pierre opprimait Karjak. Certes, il avait parfois mangé le corps d'ennemis tués au combat. Mais ce sacrifice, tellement inutile... Il se sentait mortellement triste pour toute la tribu.

— Mais il va faire chaud, expliqua-t-il. Regardez ces oeufs: les oiseaux sont de retour.

— Je les ai appelés cette nuit, révéla Vélio. Je les ai appelés, et ils sont venus! Déjà! Et les étoiles bougeront, et le soleil reviendra! Car les dieux sont satisfaits.

— Les oiseaux sont toujours revenus, protesta Karjak. Et on n'a jamais tué aucun d'entre nous!

Avec des gestes grandiloquents, les yeux pleins de braises vives, le sorcier s'approcha de lui.

— Les oiseaux revenaient parce que d'autres tribus les appelaient. Les dieux ont voulu que je vous enseigne les secrets. Maintenant, c'est nous qui contrôlons les esprits. Car les dieux sont de notre côté. Et ils agiront pour nous tant qu'on leur sacrifiera ce qu'on a de plus cher.

Karjak avait alors regardé ses compagnons. Tous, tous étaient d'accord avec le chamane. Le soleil venait de paraître dans la splendeur des nuages ouverts. Et on mangea la victime tandis que Vélio murmurait d'obscures incantations.

Mais Karjak ne voulut pas participer à ce festin tragique. Il venait de comprendre que le sorcier avait apporté à la tribu une maladie plus terrible que tout ce qu'on avait connu.

* * *

Quand ils avaient rencontré le chamane, les

chasseurs ne songeaient qu'à se reposer quelques semaines au bord de la mer. Mais Vélio leur avait appris à pêcher au filet, et ils obtenaient bien plus de poissons que jadis, lorsqu'ils se contentaient de les abattre à coups de cailloux dans des bras peu profonds des rivières. Cependant, Karjak préférait harponner une tortue ou un thon qui s'aventurait près de la ligne des rochers.

Vélio leur avait appris à chasser l'antilope avec des bolas, ces trois pierres jointes par de longues lanières. Il leur avait montré comment on pouvait creuser des trappes pour se procurer de grands animaux. Il avait enseigné aux femmes à ne pas simplement partir à la cueillette de racines, de graines, de baies, de fruits, mais à sarcler la terre pour que les plantes soient plus robustes. Il leur avait indiqué quelles semences, quelles branches on pouvait planter pour de futures récoltes.

Jour après jour, une fois qu'il eût appris leur langage, Vélio leur avait révélé un monde inconnu, un monde où des dieux s'occupaient des hommes et les favorisaient ou leur nuisaient selon qu'on les vénérait ou les ignorait. Et ces dieux avaient établis des lois que le sorcier leur enseignait, et qu'il fallait respecter car la moindre transgression pouvait signifier pour toute la tribu une terrible catastrophe.

Et comment ne pas croire en les paroles du vieil ermite? Ne guérissait-il pas les plaies en les couvrant d'herbes sèches? Ne leur avait-il pas appris à mieux vivre, à tisser des couvertures avec des fibres végétales, à bâtir des chaumières avec de la boue mêlée de foin, à couper le blé sauvage avec des faucilles de pierre polie? S'il connaissait tout cela, comment douter de lui lorsqu'il parlait des mystérieux commandements des dieux?

Mais Karjak ne voulait pas croire que les morts qui étaient demeurés en paix avec les dieux continuaient à vivre dans les royaumes des nuages. Il ne voulait pas croire qu'il fallait sacrifier un premier né pour assurer la fertilité des femmes durant la saison. Il ne voulait pas croire que les esprits des plantes et des bêtes s'opposaient à ce qu'il fasse l'amour avec un garçon quand il voulait lui montrer son amitié. Il ne voulait pas croire qu'il fallait changer de vie et ne plus pourchasser les hordes de bisons et de mammouths dans les plaines et dans les forêts et de climat en climat.

Karjak était bien seul, cependant, à s'opposer aux nouvelles habitudes. Les mois passaient, et le campement devenait un village. Les anciens nomades s'accoutumaient à trouver à portée de la main ce qu'il fallait pour se nourrir. Ils ressentaient de moins en moins le besoin d'aller de l'avant et de découvrir de nouvelles façons de participer à la grande vie de l'univers.

Et en regrettant sa jeunesse libre, Karjak apprenait qu'en habituant la tribu à vivre au même endroit, le chamane leur avait aussi appris la douleur, la détresse et l'impuissance.

* * *

Jusqu'à la rencontre avec le chamane, la vie avait souvent été rude, difficile, épuisante, mais elle avait toujours été une fête. On se battait contre la chaleur, contre le froid, contre les bêtes, contre les fièvres, contre d'autres hommes parfois, et ces luttes étaient joyeuses. Quand la pluie vous baignait le corps, tiède et bonne, on savait que c'était la pluie. Quand on attaquait un rhinocéros, ce qui toujours était dangereux, on savait ce qu'on faisait. Quand on faisait l'amour avec quelqu'un, on respirait à pleines bouffées le plaisir et la tendresse. Il y avait tellement à faire, tellement à découvrir, à connaître, à expérimenter, qu'on n'éprouvait guère l'envie d'inventer des histoires et de croire que les étoiles s'arrêteraient si on ne leur immolait pas une jeune fille.

Les enfants naissaient, les vieux mouraient. L'essentiel était de comprendre que les choses se passaient ainsi, que la vie était un bienfait de courte durée, et qu'il était bon de se tremper le visage dans des mains pleines de l'eau fraîche d'une source.

Qu'ils avaient marché et marché dans les jardins étonnants de la terre! Une fois, cachés dans les hautes herbes, ils avaient vu une autre tribu descendre de la montagne. Ils s'étaient consultés: non, personne n'avait rencontré le moindre signe qu'ils se trouvaient dans un territoire de chasse déjà occupé. De plus, ils avaient aperçu quelques chevaux dans le voisinage, suffisamment pour nourrir plusieurs tribus. Il n'y avait aucune raison de se battre. Mieux encore, en s'unissant, ils feraient sans doute une chasse plus fructueuse. Alors ils se montrèrent.

Les deux tribus avaient vécu ensemble quelques semaines. Le premier soir, ils firent une grande danse qui dura tant qu'ils eurent de chants à chanter, et chacun acheva la nuit avec la compagne que le hasard avait placée devant lui à la fin du dernier chant. La région était fertile. Les étrangers leur apprirent qu'on pouvait faire du feu en frottant du bois sec, et eux, ils leur donnèrent des pierres de silex.

Quand ils eurent épuisé le gibier des environs, les deux groupes s'échangèrent des femmes et des enfants et s'en allèrent chacun de son côté.

Que de fois ils avaient rencontré ainsi des clans qui rôdaient comme eux de prairie en forêt et de montagne en vallée! Quand la tribu devenait trop nombreuse pour les ressources de l'endroit, ils se séparaient en groupes plus petits. Et parfois, après bien des années, ils se retrouvaient par hasard et s'enseignaient d'autres façons de chasser, de fabriquer des armes et des outils, de poser des pièges, de danser et de chanter les beautés frémissantes de la terre.

La vie, la vie, torrent merveilleux qui les emportait tous dans un élan d'action, de sérénité, de coopération! La loyauté des uns envers les autres les unissait à tout moment. Il faisait bon vivre. Et ce torrent s'était brisé contre les bras écartés du sorcier et ses paroles vénéneuses.

* * *

Oui, il fallait tuer le chamane.

Sans que cela fût vraiment clair dans sa tête, Karjak y songeait depuis des années. À mesure que le village se consolidait, que les femmes apprenaient à semer, que les hommes oubliaient les plaisirs de la chasse, à mesure que la tribu n'entendait plus l'appel de l'horizon, à mesure que Karjak apprenait le regret et l'insatisfaction, il voyait en Vélio l'ennemi à abattre.

Un jour, Karjak était revenu de la chasse avec un jeune daim. Il avait rencontré, à l'entrée du village, une jeune fille nue. Elle était donc à peine pubère, puisque le sorcier avait convaincu les femmes de porter une jupe dès leur premier enfant. Heureux, Karjak lui avait raconté sa chasse.

Un bon vent salé venait de la mer. Les vagues s'éteignaient doucement sur la plage. Karjak avait proposé à l'adolescente de s'aimer.

— Je ne peux pas, dit-elle.

Il sourcilla. Comment ne pouvait-elle pas faire l'amour? N'étaient-ils pas là, ensemble, à respirer le bonheur d'exister?

— Vélio a dit que les dieux ne voulaient plus qu'on aime plus d'une personne. Et tu as déjà une famille.

— Eh bien, tu viendras dans ma famille.

— Vélio dit que cela n'est plus bien. Une femme ne doit vivre qu'avec un homme, et un homme ne doit vivre qu'avec une femme.

Karjak baissa les yeux, épouvanté des ravages que le sorcier continuait à faire dans la tribu. Il avait toujours vécu avec plusieurs femmes. Son premier enfant, il l'avait donné à des amis. Plus tard, il avait vécu avec une femme, de qui il avait eu plusieurs enfants. Il avait gardé une jeune fille d'une tribu rencontrée dans le désert. Il avait hérité la femme et le fils de son frère, qui s'était noyé un jour de tempête. On avait toujours vécu un peu au hasard dans la tribu, changeant de compagne selon les circonstances, selon ses goûts, selon les besoins des enfants, qu'il fallait bien soigner et éduquer. On quittait son groupe, on en joignait un autre, au rythme de ses désirs. Tout le monde acceptait que chacun fût maître de sa vie, qu'un homme vive avec une ou plusieurs femmes, qu'une femme vive avec un ou plusieurs hommes, ou qu'on vive seul, ou en groupe.

Attristé, Karjak avait regardé l'adolescente. Fallait-il la prendre de force, pour lui montrer qu'il n'y avait pas de dieux hostiles mais un sorcier fou qui empoisonnait la vie? Non. Impossible. Il n'aimait la violence qu'à la chasse. Ses années de vagabondage avaient appris à Karjak la nécessité de la bonté envers autrui.

Il lui donna le faon et s'en alla près de l'enclos des boeufs musqués. D'abord, Vélio les avait incités à apporter des veaux et des génisses en vue de sacrifices futurs. Les bêtes n'étaient cependant pas immolées au fur et à mesure que les chasseurs les attrapaient. Il fallait attendre que les étoiles déterminent les jours propices aux cérémonies. Alors on procédait aux rites qui contrôlaient la fertilité de la terre et des femmes, l'abondance des récoltes, la chance à la chasse.

Entre-temps, les bêtes se reproduisaient dans l'enclos. Peu à peu, la tribu s'était mise à élever les boeufs. Et à trouver qu'il était plus facile de les élever que d'aller à la chasse.

En effet, c'était plus facile. Tellement facile qu'on se sentait de plus en plus cloué à ce coin de terre. Tellement facile que les jeunes n'apprenaient plus à chasser convenablement. Tellement facile qu'à deux reprises le village avait été attaqué par des groupes nomades attirés par l'abondance de nourriture à portée de la main.

Chaque fois, on avait repoussé l'attaque. D'ordinaire, après un combat, les gens de la tribu violaient les vaincus, hommes et femmes, en partie pour souligner leur victoire, mais aussi pour que l'ennemi, en devenant momentanément objet de plaisir, se transforme en ami. Vélio, toutefois, avait exigé que les envahisseurs soient tous tués et dévorés. Le sorcier avait aussi parlé de dresser autour du village une enceinte de pierre, mais Karjak s'y était violemment opposé, sentant que la muraille aurait définitivement coupé la tribu des souffles vivants de la terre.

Karjak regardait les boeufs. Comme ils lui faisaient penser au sorcier! Car n'était-ce pas là le sens de l'action de Vélio parmi eux? Il adoucissait l'existence, mais il en faisait une vie dépourvue de la joie de poursuivre, de cerner et d'abattre les chèvres dans la montagne et les sangliers dans la forêt. C'était la même chose pour la danse. On avait toujours dansé parce qu'on était heureux, ou pour se choisir une partenaire, ou pour s'intégrer davantage à un groupe. Le chamane, tout en leur enseignant de nouvelles danses, de nouveaux chants, en avait fait des rituels.

D'une main il donnait, d'une autre il détruisait. Dès le début, Karjak avait reconnu chez le sorcier une volonté rigide de nier la réalité, de substituer des images à ce qu'on voyait et touchait. Vélio possédait de l'ocre et des peintures végétales. Il avait enseigné à Karjak à les utiliser, et sur les parois des grottes Karjak avait peint des animaux, des chasseurs, des femmes, comme il en avait souvent gravé sur des os et des cornes. Émerveillé par la couleur, il s'était plu à créer des oeuvres belles, pour le plaisir de les faire, de les voir, de les montrer. Mais le chamane les avait transformées en prétextes à des incantations et à l'illustration de ses histoires incompréhensibles.

Et maintenant, le chamane se mêlait de leur dire comment ils devaient vivre, et avec qui. Karjak avait donc regardé les boeufs dans l'enclos et avait décidé d'en finir. Et pour rappeler à ses camarades comment avait été leur vie, jadis, il les avait entraînés dans une expédition de chasse.

* * *

Karjak était tellement satisfait, tellement fier de cette chasse, qu'il se contenta de montrer les deux boeufs sauvages et de dire:

— Maintenant, il faut tuer Vélio.

Arlou le regarda. Sans répondre, il se mit à jouer avec les braises, leur arrachant des frissons lumineux. Son silence ressemblait à de l'approbation.

— La tribu a besoin que Vélio meure, ajouta Karjak.

Taka, qu'on estimait tant pour sa sagesse que pour sa force de caractère, déclara:

— Vélio nous a appris beaucoup de choses. Les dieux seront heureux si on leur rend Vélio. Ce sera notre meilleur sacrifice.

Karjak sursauta. Immoler le sorcier aux dieux? Mais, enfin, l'essentiel était de le tuer, et il approuva les paroles de Taka.

Le jeune Dolek avait toujours été proche du chamane. C'est à travers lui que Vélio avait souvent énoncé des lois qui peu à peu s'étaient transformées en coutumes et en moeurs. Alors qu'on avait toujours respecté les enfants, Vélio avait considéré Dolek comme un disciple qu'on pouvait punir. C'est à l'occasion de la puberté de Dolek que le sorcier avait interdit l'inceste et avait annoncé que les dieux voulaient que chaque femme soit la propriété d'un seul homme, comme ses outils et sa chaumière. Dolek avait appris de Vélio non seulement les mythes sacrés mais aussi la poterie, la vannerie, la guérison des maladies, l'élevage des chiens. On écouta donc le jeune homme avec attention.

— Vélio sait qu'il retournera chez les dieux. Il faudra faire une fête.

Chacun approuva. Arlou aussi était d'accord. Le sorcier mourrait le lendemain. Karjak, satisfait, s'endormit.

*　*　*

Le retour des chasseurs fut une joie pour la tribu. Certes, on chassait encore, mais les grandes expéditions se faisaient de plus en plus rares depuis qu'on élevait des boeufs, des chèvres et des moutons. On se montrait avec admiration les carcasses des grands boeufs sauvages. Vélio annonça qu'on allait faire une fête pour remercier les dieux de leur bienfait.

Pendant que la tribu s'occupait des préparatifs de la soirée, Karjak alla voir le sorcier. La violence lui répugnait, et maintenant que l'échéance approchait, il cherchait obscurément le moyen d'éloigner le chamane sans avoir à le tuer.

Près de l'entrée de la grotte, il s'assit à côté de la nouvelle femme du chamane. Celle-ci mettait des pierres brûlantes dans un trou du rocher qu'elle avait rempli d'eau, et dans lequel elle faisait bouillir des herbes.

— Que fais-tu?

— C'est pour éloigner la fièvre, répondit-elle.

Karjak fronça les sourcils. Qui guérira les malades, si Vélio disparaissait? Dolek, sans doute. Et puis, mieux valait mourir d'une fièvre que dépérir sous l'influence du sorcier.

Le vieil homme apparut en entendant les voix. Karjak s'approcha de lui. Malgré sa haine, le chamane l'impressionnait. Cet homme avait tellement vécu, tellement approfondi les secrets des choses, qu'on ne pouvait manquer d'être subjugué par son autorité. Mais pourquoi ne riait-il jamais? Pourquoi n'hésitait-il jamais? Il portait dans ses regards toute la pesanteur de la mort.

— La chasse a été bonne.

— Oui, grogna Karjak.

— Les dieux nous ont accordé ces bêtes. Nous leur offrirons le coeur et le foie.

— Oui, acquiesça Karjak.

Comment parler? Comment dire au chamane qu'on allait le sacrifier s'il ne s'éloignait pas à temps? Était-il prudent de l'avertir et de risquer qu'il fasse appel à tous ceux qui pourraient le défendre?

— Qui a besoin des dieux? demanda Karjak. On a toujours fait la chasse.

— Jadis, les dieux vous accordaient les bêtes. Maintenant, ils ne les donneront qu'à ceux qui les invoquent et vivent comme les dieux l'exigent.

— Ce n'est pas vrai! protesta Karjak. On a besoin de l'air pour respirer. On a besoin des bêtes et des fruits et des racines à manger. On a besoin d'eau à boire. On a besoin d'un coin de terre pour se reposer et pour dormir. C'est tout!

Karjak regarda le chamane impassible et ajouta:

— On a besoin de nos amis, de nos femmes. On a besoin du soleil. On n'a pas besoin des dieux!

Vélio étendit les bras, comme s'il demandait aux dieux d'épargner le blasphémateur.

— Mon enfant, fit-il, ton esprit a besoin des dieux.

— Non! cria Karjak. Mon esprit a besoin que je vive.

— Seuls les dieux donnent la vie.

— Non. Nous avons cessé de vivre le jour où tu nous a parlé des dieux. Ce jour-là, tu nous a empoisonnés. Et maintenant, nous recommencerons à vivre!

Karjak fit une brusque volte-face et s'éloigna. Il avait suffisamment parlé. C'était à Vélio de comprendre la situation et de disparaître avant d'être éliminé dans la révolte de la tribu.

* * *

Arlou frappa avec un grand caillou le gong de fer météorique martelé dont on se servait pour annoncer le début des cérémonies. Les musiciens avaient pris place près du feu où rôtissaient les morceaux des boeufs dépecés. Certains frappaient du tambour. D'autres, assis, avaient creusé un trou entre leurs jambes et scandaient le rythme sur des planches posées sur leurs cuisses. Les autres soufflaient dans des flûtes d'os creusés ou dans de longs coquillages. Les chanteurs criaient leurs mélopées fébriles. Ceux qui ne jouaient pas de la musique dansaient une ronde saccadée en hurlant les noms des dieux dont on réclamait la présence. Les femmes battaient des mains. Tous avaient mâché les herbes qui font rêver.

Le chamane, qui jusqu'alors était resté silencieux, les bras croisés, marcha jusqu'à la pierre taillée sur laquelle on avait déposé les organes des boeufs sauvages. Il murmurait des prières exaltées dans une langue que nul ne comprenait. Et on le vit peu à peu frémir, trembler, entrer en transe en invoquant les esprits.

Avec un respect profond, presque avec terreur, les gens de la tribu arrêtèrent les chants et la danse et se groupèrent autour du sorcier.

— Les dieux! criait Vélio. Les dieux me parlent!

Les yeux écarquillés, et pourtant aussi perçants, aussi souverains que toujours, il fit face aux chasseurs. Ses frémissements, peu à peu, s'apaisaient. Ses bras se tendaient vers Karjak.

— Les dieux sont mécontents, fit-il, terrifié.

Effrayés, les chasseurs qui l'entouraient n'osaient parler. Le sorcier avait souvent dialogué avec les dieux, mais jamais dans un tel bouleversement.

— Les dieux exigent un sacrifice.... Les dieux exigent un sacrifice, ou ils maudiront le village! Il faut... Il faut...

Vélio, en contenant les dernières convulsions de ses bras, avançait vers Karjak.

— Il faut un sacrifice digne des dieux, murmura le sorcier.

— Oui! hurla Karjak.

Son cri dissipa aussitôt l'envoûtement provoqué par la frénésie du chamane. Comme s'ils s'étaient réveillés en sursaut, les chasseurs se rapprochèrent de Karjak.

— Oui, répéta celui-ci. Un sacrifice. Le plus digne de la tribu.

Le geste vif, il saisit la lance qu'il avait laissée près du brasier, la pierre dans les braises, et il la jeta contre le sorcier.

Vélio recula, le pieu planté au milieu de la poitrine. La bouche ouverte, incapable de parler, il regardait Karjak et les autres chasseurs. Enfin il tituba, et s'écroula.

Taka, Dolek, Arlou et deux autres chasseurs se précipitèrent sur le chamane haletant.

— Les dieux l'ont voulu! cria Taka.

— Dis-leur, Vélio, que nous t'envoyons à eux! lança Dolek.

Arlou arracha la lance de la poitrine palpitante, saisit le sorcier et le coucha sur l'autel avec les coeurs et les foies des bêtes. Puis, d'un coup sec de son couteau de pierre, il trancha la gorge du chamane en disant:

— Que ton sang trace un pacte éternel entre les dieux et nous.

Le sang de Vélio coulait dans des écuelles faites de crânes de singes. Chacun en but une gorgée, sauf Karjak. Car Karjak commençait à comprendre que ce sang était un poison, et que ses camarades voulaient boire ce poison.

Dolek brisait déjà, soigneusement, le crâne du sorcier. Il apporta bientôt la cervelle du sorcier aux autres, qui y goûtèrent dans une atroce communion: ce que le chamane avait apporté, on ne devait pas le perdre. Ce sacrifice était vraiment une alliance avec les dieux.

Alors Karjak baissa les paupières. Et il se retira vers la plage, seul, triste, sachant peut-être combien de milliers et de dizaines de milliers d'années il faudrait à l'homme pour retrouver la liberté.

Buenos Aires
30 août − 11 septembre 1973

LA RÉPÉTITION

«Vous êtes des idiots, les enfants. Au lieu de faire des sottises qui vous mènent en prison, vous auriez dû penser à jouir de la vie.» Jouir de la vie. Oui, mais comment? Cela, le bon commissaire ne le dit pas. Il nous parle sur son ton paternel, et je pense à Cristina. Il y a un mois, une nuit qu'elle collait des affiches, les fascistes l'ont prise, l'ont violée, l'ont tuée. Cristina, si belle, si jeune. D'autant plus belle et plus jeune qu'elle est morte. Je pense à Juan, à Eduardo, à Anita: au procès, le médecin-légiste a dû reconnaître qu'ils avaient été torturés. Et c'est eux qui sont en prison, tandis que la police se cherche d'autres victimes. Jouir de la vie, qu'il dit. Fermer les yeux, apprendre une profession quelconque, courtiser des gamines qui ont peur de faire l'amour ou n'en ont simplement pas le goût, aller voir des parties de football, des films censurés, lire le genre de livres qui ne déplaisent ni aux flics ni aux curés, causer de philosophie, de femmes et de sports avec des copains dans un café-terrasse, engendrer des citoyens châtrés d'avance, somnoler devant la télévision, applaudir aux discours de nos maîtres et seigneurs, et arriver sain et sauf à l'âge où l'on se dit qu'on peut mourir en paix.

Non, je ne veux pas jouir de la vie et je ne veux pas mourir en paix. Mais je ne le dirai pas au commissaire, ni au juge, ni à personne. Nos actes sont là et les paroles sont inutiles.

Nous voici donc arrivés à la caserne. Que je me sens fatigué, éreinté, épuisé! À l'idée de répéter l'attaque d'avant-hier, j'ai l'impression d'assister à la répétition de l'histoire universelle. L'éternelle impuissance de l'individu devant le pouvoir. La lutte pour la libération, c'est l'effort de bouger quand on a les pieds collés sur une surface gluante. Des mouches qui ont cherché le paradis sur une tartine de miel et qui essaient de reprendre leur envol.

— Vous êtes arrivés ici à une heure du matin. Pourquoi?

— C'était la meilleure heure, explique Antonio. On savait que la garde de nuit ne consiste qu'en un lieutenant, deux sous-officiers et douze conscrits, dont Ignacio. L'opération ne devait pas durer plus d'une heure ou deux. On aurait pu s'enfuir sans problème.

Nous sommes prêts à collaborer, à fournir tous les renseignements, toutes les explications. Ils n'avaient même pas besoin de nous malmener, au poste. Ils nous connaissent tous, même Jorge, Marta, Roberto et Alfredo, qui sont en fuite. Nous aussi, nous les connaissons. Et nous connaissons la plupart des tortionnaires, et nous les tuerons. Les journaux parleront de policiers assassinés sommairement, par traîtrise. Mais qui se fie aux journaux ? Ils ne savent pas.

C'est presque drôle. Ignacio, un pistolet déchargé à la main, fait semblant de menacer une sentinelle. Il lui prend sa mitraillette et ouvre la porte de la caserne. C'est bien ainsi que ça s'est passé. Notre camion entre, ses deux croix rouges sur les côtés, et on referme la porte.

— Vous étiez treize dans le camion. Huit gars et cinq filles, tous en uniforme. Où aviez-vous pris les uniformes ?

José le lui explique. L'avantage du service militaire, c'est qu'on peut avoir des complices un peu partout dans l'armée. On sait comment se procurer les uniformes, on apprend les mots de passe, on connaît les plans des casernes, les habitudes, les routines. Bien sûr, ils vont dire qu'Ignacio a trahi son régiment et j'ai bien peur que la justice militaire ne soit pas douce. Ils ne comprendront jamais qu'il a choisi d'être fidèle au peuple. Au peuple ? Plutôt à une idée du peuple, à une idée plus généreuse et plus libre de l'humanité.

Nous étions donc descendus du camion. La sentinelle avait été désarmée. On lui avait attaché les mains derrière le dos, et on l'avait laissée là, bâillonnée, à plat-ventre, surveillée par Antonio.

Ignacio nous avait conduits ensuite aux trois autres portes de la caserne. Tout se déroulait tel que prévu. Il donnait le mot de passe, s'approchait de chaque sentinelle, lui braquait la mitraillette sur les côtes. Plusieurs soldats croyaient qu'il s'agissait d'une blague. Mais quand ils se retrouvaient à terre, ligotés, une large bande adhésive sur les lèvres, ils se rendaient compte qu'on ne jouait pas aux bons et aux méchants.

Je marchais avec Juana. Je me souviens que je me sentais étrangement fataliste, comme si je participais à une tragédie antique. « Tu sais, Juana, ce dont j'ai envie, maintenant, c'est de faire l'amour avec toi. » « Tu es fou, » fit-elle, « ce n'est pas pour cela qu'on fait ça. » « C'est aussi pour cela », avais-je dit. Je me souviens bien de cette brève conversation dans la nuit, de ce dernier refus à voix basse.

Pauvre Juana. Son frère avait été tué l'an passé, lorsqu'il avait détourné un avion pour sortir des prisonniers politiques du pays. Ses camarades avaient réussi le coup: lui, il avait été abattu durant l'assaut de l'aéroport. Juana ne songeait guère au plaisir. Tous ses efforts visaient à affaiblir l'armée et la police, ces piliers du gouvernement. Elle était belle, passionnée et efficace. Je me disais pourtant que si elle avait eu le coeur un peu plus païen, nous aurions été certainement plus heureux dans le mouvement.

Cachés près d'une porte, on avait attendu l'arrivée du peloton de garde. Ici aussi, la partie avait été facile: on ne discute pas devant des mitraillettes dirigées sur vous.

— À une heure vingt, vous aviez maîtrisé dix soldats et deux sous-officiers.

— Parfaitement. Ignacio était des nôtres. Il ne manquait que le lieutenant et un autre soldat.

— Et vous avez commencé à brutaliser les prisonniers. Oui, on a un témoignage. Et c'est grave, pour vous.

Pourquoi répondre? Pourquoi se défendre? Pendant que j'attachais les mains d'un des soldats à terre, celui-ci avait tenu des propos obscènes à Juana. Celle-ci, irritée, lui avait flanqué un coup de pied sur la hanche en lui disant: «Si je le voulais, mon salaud, tu ne pourrais jamais plus faire l'amour.» Mais à quoi sert de dire la vérité? Nous sommes condamnés d'avance.

Nous n'en voulions pas aux conscrits. Plusieurs d'entre nous avaient fait leur service militaire. Les soldats aussi sont le peuple. Et je pense à Fernando, toujours débordant de cynisme et de vitalité. Dans le camion, il me disait : «C'est quand même drôle, la révolution. On finira peut-être par renverser les fascistes, mais le gouvernement populaire qui remplacera la dictature nous trahira. Parce que nous voulons changer le peuple, et nous ne réussirons jamais qu'à changer quelques personnes de place et peut-être à modifier les structures du pouvoir.» «À quoi ça sert, alors, ce que tu fais ce soir? Pourquoi n'es-tu pas au lit avec une fille, au lieu de risquer ta peau pour des actes qui te semblent désespérés?» Fernando m'avait répondu, avec un clin d'oeil : «On fait la révolution parce qu'il est impossible de vivre comme les autres veulent qu'on vive. Nous sommes le rêve. Le rêve d'une société pourrie qui se fait accroire, à travers nous, qu'elle veut le changement. Mais ce n'est pas vrai.» «Mais toi? Toi?» avais-je insisté. «Je rêve aussi, mais je ne suis pas dupe de mon rêve.»

Je ne m'étais jamais vraiment interrogé sur les raisons qui m'ont poussé dans le mouvement. En pensant à Fernando, je me dis aujourd'hui que si j'ai choisi le combat, c'est parce que je ne supportais plus, chez les autres, mes amis, mes parents, les filles que je désirais, mes professeurs, les dizaines et les centaines d'inconnus qui traversaient ma vie, cette absence désastreuse de tout goût pour la liberté. Je vivais parmi des hommes enchaînés, et leurs chaînes m'empêchaient de vivre. Et aujourd'hui qu'il est trop tard, je m'aperçois que je n'ai pas non plus rencontré chez mes camarades cet amour de la liberté sans lequel je me sens mourir.

Car je sens quelque chose d'atrocement désolé en moi, quelque chose qui ressemble à la mort. Je traverse la cour de la caserne. Nous sommes des fantômes qui rejouent un scénario pour le profit d'un juge d'instruction. Mais lorsque nous prenions contrôle de la caserne, voici deux jours, n'étions-nous pas des fantoches qui refaisaient les gestes éternels des révoltés pour le profit du prochain dictateur qui se réclamera de notre mouvement pour prendre le pouvoir et ne rien changer à rien?

— Qui vous a menés à la Salle d'Armes? Le conscrit Robledo?

— Ignacio, bien sûr. Il était le seul à connaître l'endroit de fond en comble.

— C'est là-bas que vous avez surpris le lieutenant Gomez et le soldat Maioli, n'est-ce pas?

— Quatre d'entre nous surveillaient les sentinelles et les conscrits aux différentes portes. Nous étions donc neuf à faire irruption dans la Salle d'Armes à la suite d'Ignacio. On a tout de suite donné l'ordre de se rendre, mais le lieutenant et le soldat nous ont tiré dessus. Nous avons riposté.

— Oui. Maioli est gravement blessé. S'il ne s'en sort pas, je tiendrai ceci pour un meurtre prémédité, ce qui s'ajoutera à l'entrée par effraction dans une caserne et tentative de vol avec violence.

— Et nous deviendrons donc des criminels de droit commun.

— Qu'espériez-vous? Qu'on vous traite en héros? Vous êtes la honte de votre génération. Alors que vous pourriez étudier ou travailler, vous... Mais ça suffit! Continuons.

Que notre aventure était donc loin! Je regarde mes camarades fatigués, tous un peu désemparés et pourtant calmes, voire goguenards. Tout aurait pu si bien marcher! «Si nous sommes pris, nous serons torturés, ou pour le moins brutalisés», avait dit Antonio. «Mais faisons attention aux détails, et tout ira bien.»

Deux jours plus tôt, nous ne pensions pas nous retrouver là à refaire les mêmes gestes devant un juge imperturbable et affable qui nous demanderait pourquoi, puisque nous aimions l'action, nous ne faisions pas de sport. Un policier avait pris la place du lieutenant, un autre celle du soldat Maioli. Nous faisions semblant d'entrer, de répondre aux coups de feu. Maioli tombait, le lieutenant jetait son revolver et levait les bras. «Ça y est», avait crié Antonio, violent de joie. «Marta est blessée», avais-je dit, troublé.

Je n'avais jamais vu le sang jaillir d'une blessure de balle. Ce n'était pourtant pas ma première expérience révolutionnaire. J'avais participé à un enlèvement. Le gars, un homme d'affaires, avait été tué alors qu'il essayait de s'évader, mais je n'étais déjà plus avec le groupe. Une autre fois, j'avais coordonné avec des amis le vol d'un camion-citerne qu'on voulait lancer, en flammes, contre la loge présidentielle lors du défilé du Jour de l'Indépendance. Ça avait échoué au dernier moment. Jamais je n'avais dû tirer sur quelqu'un. Jamais je n'avais vu des gens tomber. Et là, près de moi, je voyais Marta, une tache rouge sur le côté, près de la ceinture, et Jorge, qui se tenait le bras ensanglanté avec une grimace mal contenue.

«Ne perdons pas de temps», avait dit Ignacio. «La voiture du lieutenant est à la porte. Les clés sont toujours dedans. Roberto et Alfredo, vous prendrez les deux blessés et vous irez à l'ancienne Prison du Peuple. Là, on vous trouvera un médecin. Nous autres, au travail.» J'avais caressé Marta sur la joue avant de la voir disparaître, soutenue par les deux camarades. Marta aux yeux tristes, Marta qui ne voulait pas d'ami, Marta qui rêvait d'un monde où les en-

111

fants seraient heureux.

Marta disait, une fois: «Tu vois, Miguel, dès qu'ils sont petits, on empêche les enfants d'être heureux. Si on réussissait à les habituer au bonheur, peut-être qu'ils en réclameraient toute leur vie, et arrangeraient le monde et les choses autrement que ce qu'on voit.» Je me souviens d'avoir répondu: «Mais nous-mêmes, Marta, nous ne sommes pas heureux.»

J'ai peine à suivre ce qu'on fait, les indications du commissaire, les questions du juge, la répétition de l'attaque à la caserne. Je me sens trop triste. Avant de m'engager dans le mouvement, je voyais ma vie, les gens, mon avenir, et je sentais que je ne serais jamais heureux à vivre comme on aurait voulu que je vive. Et les activistes, mes camarades? Eux non plus ne vivaient pas comme j'aurais voulu qu'on vive. Comment? Je ne le sais pas. J'aurai des mois pour y penser, ou des années, en prison. Ce qui est clair dans mon esprit, c'est qu'il faut que les choses changent, que les gens changent, et que je ne peux plus m'imaginer hors de l'action révolutionnaire.

Nous voici dehors. Un conscrit explique ce qui s'est passé:

— On avait entendu des coups de feu, et on se demandait ce qui arrivait. On a vu approcher la voiture. Celui qui conduisait a parlé un peu avec celui qui nous gardait. Moi, j'avais été mal attaché et j'avais réussi à me libérer les mains, mais je faisais semblant de rien. Je les ai entendus dire qu'ils avaient des blessés. Pendant que notre gardien ouvrait la porte, j'en ai profité pour couper avec mon canif les liens des pieds de deux de mes camarades, ainsi que les miens. Ensuite, on est restés tranquilles, en attendant un meilleur moment.

— Il devait être environ une heure et demie.

— Peut-être. Je n'ai pas pensé à regarder l'heure.

— Qui était de garde? demande le juge en se tournant vers nous.

— Moi, fait Julio. Alfredo, qui conduisait la voiture, m'a expliqué la situation. Juana surveillait le lieutenant et le soldat blessé. Nous étions aux quatre portes. Il ne restait donc, pour charger le camion, que deux gars et trois filles. Alfredo m'a suggéré de venir les aider, et c'est pour ça que j'ai quitté la porte. La prochaine fois, je vérifierai mieux les cordes des prisonniers.

— Il n'y aura pas de prochaine fois, fait le commissaire, sèchement.

— Vous croyez? Tant qu'il y aura des fascistes au pouvoir, il y aura des militants pour les attaquer.

— N'aggravez pas votre cas, mon enfant,

murmure le juge. Retournons à la Salle d'Armes.

Le lieutenant lui montre où se trouvaient les différents objets qu'on voulait emporter. On avait rempli le camion de cent cinquante fusils-mitrailleurs, vingt-deux boîtes de munitions, plusieurs caisses de drogues et de médicaments. Pendant qu'on montait la marchandise, on gardait l'oeil sur la porte. On y voyait très mal, et on ne pouvait pas deviner que les trois conscrits se rouleraient jusqu'à un coin sombre pour ensuite sauter le mur et disparaître en direction du poste de police, à cinq cents mètres de la caserne.

— Combien de temps cela vous a-t-il pris?

— Peut-être une demi-heure. Il fallait identifier les caisses, les transporter dans la cour, les mettre dans le camion. Voulez-vous qu'on reconstitue cela aussi? Ça nous ferait un peu d'exercice.

— Moi, je peux conduire le camion.

— N'essayez pas ce genre de jeu, fait le commissaire de sa voix lourde. Si vous tentez de vous enfuir, les soldats ont ordre de tirer sans pitié.

— J'étais à Tuquipa, monsieur le commissaire. Lors de l'évasion.

— À ta place, je ne le dirais pas tout haut.

Oui, Julio a été à Tuquipa. Une des prisons les plus dures de la république. Le climat est trop chaud en été, trop froid en hiver, et les cellules n'ont ni aération ni chauffage. Les gardes sont brutaux. La nourriture est volontairement maigre et infecte. «J'y ai passé quinze mois», disait Julio. «Quinze mois. Les conditions de détention sont épouvantables. C'est là-bas que tu comprends jusqu'à la moelle que les choses ne peuvent pas continuer comme ça, qu'il faut faire sauter le système. Et tu comprends aussi que bien des fascistes ne sont pas récupérables et doivent être éliminés.»

Je pensais à Julio, et je regardais le commissaire. Il avait survécu à trois régimes militaires et deux dictatures civiles. Son métier, c'était la répression. Il ne haïssait aucun groupe en particulier. N'importe quel régime pouvait l'utiliser. Avec un certain malaise, je me disais que nous aussi, si jamais nous prenions le pouvoir, nous nous servirions de ce technicien pour détruire les derniers fascistes.

— Un peu après deux heures, le camion était déjà chargé. Vous auriez pu partir tout de suite. Pourquoi avez-vous attendu?

— Nous étions en train de descendre le drapeau pour le remplacer par le nôtre. On voulait que les gens, le matin, voient l'emblème noir avec l'étoile rouge flotter sur la caserne. Mais comme on allait le monter, Julio nous a fait remarquer qu'il lui manquait trois prisonniers.

— Ceux qui restaient, on leur a détaché les pieds et on les a fait venir derrière le camion. On les a comptés. Ils n'étaient vraiment plus que douze, avec le lieutenant et le soldat blessé.

Le commissaire allume une pipe. Je sens la bonne odeur du tabac, et un avenir de nostalgie me fait presque tourner la tête. Julio est à côté de moi. Je lui dis:

— Aussi bien s'habituer. En prison, nous ne fumerons plus. Nous ne ferons plus l'amour. Nous n'irons plus prendre un verre au Café de la Paix, à la sortie du cinéma.

— N'y pense pas, et tu n'en seras pas plus malheureux. Réfléchis-y, et tu verras que ce qu'on peut avoir en dehors de la prison n'est pas suffisant pour nous rendre heureux.

Tiens? Lui aussi, il pensait au bonheur?

— La seule chose qui compte, mon vieux, c'est le combat. Et en prison, on lutte. On revoit notre stratégie, on évalue le passé, on prépare les prochaines opérations.

— Comment es-tu sorti de Tuquipa? demande Antonio.

— On était vingt-trois camarades. Avec les mois et de la patience, on avait réussi à obtenir sept couteaux et deux revolvers. Après quinze mois là-dedans, tu ne te sens pas le coeur charitable. La justice et la vengeance, c'est la même chose. On n'a pas menacé les gardes: on en a tué cinq. Deux voitures et une camionnette nous attendaient dehors. Ce fut la plus belle évasion de Tuquipa. Quand tu es dedans, n'oublie pas que tu n'es pas seul, et que les copains travaillent déjà à la façon de te sortir de là.

— Silence! ordonne le juge. On ne vous a pas amenés ici pour vous amuser.

On nous a amenés ici pour établir des degrés de responsabilité. Nous sommes tous coupables, bien sûr. Mais ceux qui gardaient les portes sont moins coupables qu'Ignacio, qui les a ouvertes, et ceux qui ont tiré sur Maioli et le lieutenant Gomez, et Juana, qui a frappé un prisonnier, ont des circonstances aggravantes. L'armée est sans doute intéressée à savoir comment l'assaut s'est déroulé, afin d'analyser les points les plus faibles de son organisation.

Nous aussi, on veut savoir comment les choses se sont passées. Pourquoi? De la même façon, quand un amour tombe à l'eau, on essaie de se souvenir de ce qu'on a fait, de ce qu'on aurait dû faire. Ça ne sert pas à grand-chose, mais on a toujours soif de clarté. Quand on ne cherche pas à savoir, on accepte la vie, on accepte les gens, on accepte le pouvoir, l'oppression, l'injustice, l'indifférence, le cancer installé dans les relations humaines. Est-ce par souci de voir clair, que je suis dans le mouvement? Le drame de la lucidité, c'est que si le paysage n'est pas beau, mieux on le voit et moins on se sent bien.

Le commissaire donne la version de la police. Après le rapport des trois soldats qui s'étaient échappés, des agents avaient bloqué toutes les rues qui menaient à la caserne, de façon à l'isoler complètement. Entre-temps, on avait prévenu le général, qui avait aussitôt appelé à la caserne. Je m'en souviens. Le téléphone avait sonné dans la Salle d'Armes. Je m'y étais rendu avec un sergent. Il sentait mon pistolet sur la tempe et répondait: « Oui, mon général » comme si tout allait bien.

Qu'il est étrange d'apprendre la vérité! « Comment ça va, là-bas ? » avait demandé le général, que je ne pouvais pas entendre. « Oui, mon général », avait répondu le sergent. « Y a-t-il un problème ? » « Oui, mon général. » « Ont-ils pris la caserne ? » « Oui, mon général. »

— Une fois que le général eût confirmé la version des trois soldats, il a communiqué la nouvelle à ses supérieurs et il a pris les mesures nécessaires pour envoyer un colonel, le lieutenant-colonel Blanco et une colonne d'infanterie et d'artillerie qui a entouré la caserne avec des mortiers, des bazookas et des mitraillettes lourdes. Les fusiliers se sont placés en formation devant une porte, dont on a fait sauter les serrures. Le lieutenant-colonel et quarante hommes sont entrés et ont pris position derrière les deux camions militaires, le petit dépôt, la guérite et les caisses d'équipement.

Après la découverte de la fuite des trois soldats, nous savions que les choses allaient mal tourner et qu'il fallait se presser. Toutefois, même si ça ne nous avait pas surpris, ça nous a donné un petit choc de voir la porte s'ouvrir devant autant de soldats. «On est certainement entourés, les gars», avait dit Antonio. «Inutile d'essayer de s'en sortir par la force. Mais on a des otages. On pourra parlementer. On demandera l'intervention de juges, d'avocats, de députés, de sénateurs, de journalistes.» Julio s'était adressé aux soldats à terre: «Quant à vous, si on échoue, il va falloir vous achever.» C'est alors qu'on a commencé à entendre les mégaphones qui nous disaient de nous rendre.

Quelle nuit interminable! De deux heures du matin aux environs de sept heures, nous avons connu la plus grande tension de notre vie. Au début, nous étions très calmes. Mais les conscrits, eux, se sont mis à trembler de peur et de froid, et leur nervosité contagieuse nous atteignait.

— Pourquoi ne vous êtes-vous pas rendus tout de suite? demande le juge. Vous saviez que vous n'aviez aucune chance. Ça aurait évité la perte d'une vie, sans parler des blessés.

Comment lui expliquer? Même à l'agonie, on essaie de durer le plus longtemps possible. Si on était du genre qui capitule, on n'aurait jamais choisi l'action révolutionnaire. Aujourd'hui, je regarde la parodie de l'assaut, et nous vois, tous les dix, derrière le camion, cernés par quelques douzaines de soldats mieux armés, et je nous trouve admirables et naïfs. À vouloir résister encore, nous prenions place parmi les millions et les millions de personnes qui tout au long de l'histoire ont mis leur révolte en action et n'ont abouti à rien, à presque rien.

Nous avons parlementé pendant quatre heures et demie. Antonio était notre porte-parole. Il demandait à parler au général en chef et non à un subalterne. Au bout de vingt minutes, on lui répondait que tous les pouvoirs avaient été délégués au colonel en charge de l'attaque. Antonio exigeait que des législateurs de l'opposition soient présents durant les discussions. Le lieutenant-colonel ripostait qu'il n'était pas question de discuter mais de se rendre sur-le-champ. Nous demandions des garanties. Au bout d'une demi-heure, on nous assurait que nous serions jugés par des civils et en public, à l'exception du conscrit Ignacio qui ferait face à une cour martiale. Nous voulions que des médecins étrangers, impartiaux, témoignent que nous nous rendions en bon état physique. On nous affirmait que nous serions bien traités et que si on ne se rendait pas dans dix minutes, on nous tirerait dessus. On répliquait que s'ils attaquaient, on abattait les otages. Le lieutenant-colonel nous prévenait que si on tuait un seul soldat, on serait fusillés, et qu'il nous donnait dix autres minutes pour nous rendre. On demandait chaque fois vingt minutes, une demi-heure de réflexion.

Nous devions reculer l'échéance. Il s'agissait, bien sûr, de durer le plus longtemps possible par fierté, et aussi pour donner aux quatre camarades qui s'étaient enfuis dans la voiture du lieutenant le temps de se mettre à l'abri: il était entendu que si on ne les avait pas rejoints à cinq heures, ils devaient évacuer la Prison du Peuple sans laisser aucune trace, aucune indication. Ne pouvant plus les localiser, il nous serait impossible, même sous la torture, de les vendre à la police.

Et nous discutions. Antonio était persuadé que si nous insistions, si nous menacions d'achever les prisonniers, on nous accorderait une conférence de presse pour exposer les motifs de notre geste et les objectifs du mouvement. Juana soutenait que la population connaissait nos objectifs, que les camarades expliqueraient bien notre geste par affiches, grafitti sur les murs et lettres aux journaux, et qu'il fallait éviter de se mettre personnellement en évi-

121

dence, afin de garder une marge d'anonymat pour nos actions futures. Julio voulait qu'on profite de la situation pour tuer tous les militaires possibles : « C'est en éliminant ces cochons un par un qu'on vaincra l'armée. Du moins, exécutons le lieutenant et les deux sous-officiers tandis qu'on les a sous la main. Il n'y a même pas besoin de procès : leur uniforme les condamne. » L'une voulait qu'on propose d'échanger nos prisonniers contre notre exil ; un autre ripostait qu'on serait plus utiles comme détenus politiques que hors du pays. Quelqu'un suggérait qu'on se rende tout de suite puisque aucune résistance n'était vraiment possible ; Lucina affirmait qu'il fallait attaquer et mourir en combattant, assurée qu'un massacre émouvrait la population et rapprocherait l'heure du soulèvement général.

Avions-nous peur ? Sans doute. Nous avions tous de dix-sept à vingt-cinq ans. Comment voir avec sérénité la perspective immédiate de la prison, de la brutalité policière, peut-être de la mort ? Les heures passaient. Il faisait froid. Il fallait penser à l'action, aux pourparlers, à l'instant réel, afin de ne pas céder à la panique. Nous avions les traits tirés, nous tremblions parfois, nous voulions fermer les yeux et échapper à cette cour où nous devions perdre le peu de liberté qu'on nous avait laissé.

Trois heures. Quatre heures. Cinq heures. Six heures. Qu'avais-je aimé, dans la vie? Juana qui ne voulait pas faire l'amour et se ferait violer par des policiers sadiques. Julio qu'on avait offensé et humilié et qui ne songeait plus qu'à riposter et se faire détruire dans un geste désespéré. Antonio qui aimait tellement la vie et ne pouvait la voir que dans la protestation et le combat. Lucina prête à se sacrifier pour le rêve d'un monde où l'existence serait agréable. Ce que j'aimais, c'était aussi tout ce que je n'aimais pas. Voyager et voir mon pays et les autres pays saignés par l'oppression et l'injustice. Rencontrer des gens et souffrir de les voir aussi insensibles, laids et mauvais. La détresse de songer à l'espoir, à l'action révolutionnaire, et de voir nos gestes comme les appels futiles de fantoches dans le noir. Trente secondes de réflexion, une seconde de lucidité, et on découvre que vivre est épouvantable. Alors il s'agit de nourrir quelques illusions, afin que l'âme ne se déssèche pas.

Tranquillement, on raconte au juge nos discussions, nos arguments, nos raisons de prolonger notre résistance. Il en prend note pour le procès-verbal, mais cela ne l'intéresse pas vraiment. Ce qu'il veut savoir, c'est pourquoi la nuit a pris fin aussi tragiquement.

— À six heures quarante, explique le colonel, j'ai décidé qu'il fallait en finir et j'ai donné l'ordre d'attaquer. Les fusiliers tiraient sur le camion des terroristes et des rafales de mitraillettes balayaient systématiquement les coins d'où ils auraient pu contre-attaquer. Il s'agissait de leur montrer qu'ils ne pouvaient pas s'en sortir.

— Au tout début, nous n'avions pas réagi. Mais quand les soldats ont commencé à avancer, nous avons tiré, pour nous défendre.

— Justement, comme les terroristes ne ripostaient pas, le lieutenant-colonel Blanco a dit de tirer en l'air, de ne tuer personne. Et il a avancé. C'est alors que les séditieux ont tiré, et que le lieutenant-colonel est tombé, deux balles dans la tête. Et le combat a commencé.

— Qui a tiré sur le lieutenant-colonel?

— Nous tous. On ne voyait que les silhouettes qui avançaient dans l'ombre, et on entendait les balles, les rafales. José est tombé, frappé à la cuisse. Lucina se tenait le cou, d'où jaillissait le sang. Jorge, à terre, avait des soubresauts continuels. On a alors décidé de déposer nos armes et d'agiter nos mouchoirs.

On reconstitue les événements. Ignacio et Antonio avancent, les mains en l'air. Nous les suivons. On nous fait passer, encore une fois, par la porte. Que nous sommes donc peu nombreux! Et que je suis fier de faire partie de cette minorité impuissante! Sommes-nous vraiment la conscience de la société? On nous couche, comme l'autre nuit, à plat-ventre sur le trottoir.

Le commissaire, laconique, raconte la fin de l'histoire:

— On a placé le lieutenant-colonel Blanco, le soldat Maioli, les quatre conscrits et les trois terroristes blessés dans les ambulances. On leur a donné les premiers soins à l'hôpital général, et ils ont été transférés hier à l'hôpital militaire, où il est plus facile de les surveiller. Le lieutenant-colonel a été enterré ce matin, en présence du Président de la République. Quant à ceux qui n'étaient pas blessés, eh bien, on a emmené le conscrit Ignacio Robledo et Antonio Ditella, qui semblait être le chef, à la prison militaire, et les autres au poste de police. Les interrogatoires n'ont rien donné. On sait qu'ils sont environ cinquante dans ce groupe, mais ils sont organisés de telle façon qu'on ne peut pas attraper tous ceux qui sont impliqués dans le coup. La garde d'infanterie bloque toujours les alentours de la caserne dans un rayon de deux cents mètres, mais on ne peut plus trouver d'indice utile.

Je regarde le commissaire, le juge, mes camarades, les soldats, les policiers. Au fond, je suis content. On n'a pas été torturés. Quelques gifles, des coups de poing, des coups de pied, de longues heures sur une chaise, les yeux bandés, puis l'éclat incroyable de la lumière, tout cela s'oublie. J'oublierai aussi le visage des camarades blessés. J'oublierai peut-être cette nuit, l'émotion de la victoire, la sensation pénétrante de la défaite. On a peut-être ébranlé un peu le pouvoir. Surtout, on a vécu quelque chose.

Bien sûr, la partie continue. Il ne s'agit pas de salaires plus élevés, d'élections libres, de droits civiques, de limitations à l'autorité. Il ne s'agit pas seulement d'éliminer le fascisme. Il s'agit de faire que la vie ne soit plus un poids, de remplacer la détresse et la solitude par un sentiment tout neuf. J'y penserai. J'y penserai, en prison.

Le camion est là, entouré de curieux et de journalistes. Avant de monter, chacun crie son nom, clairement, pour qu'on sache qui nous sommes, et combien nous sommes. Les journalistes notent nos noms et prennent des photos. Julio, qui monte le dernier, crie les noms des camarades blessés.

La répétition de l'opération s'enfonce dans le rêve à mesure que le camion s'éloigne, comme l'opération elle-même me semblait une parodie de l'histoire de l'humanité, avec son arrière-goût d'échec. Cela aussi, j'y penserai. Et moi, et ma vie, cela aussi, j'y penserai. À moins que je m'aperçoive que j'y ai déjà pensé.

Buenos Aires
2-5 mai 1974

AU VIÊT-NAM OU AILLEURS

Trois milliards d'hommes. Quatre peut-être. Ici, quinze millions. Il y avait quinze millions d'hommes mais la guerre était limitée. On ne fait pas la guerre. On ne peut pas: c'est interdit par les clauses 3 et 4 de l'article 2 du premier chapitre de la Charte des Nations unies; et nous avons signé. On ne fait pas la guerre. On tue des hommes. On est tué. C'est tout. Nous n'avons jamais voulu que la paix. Viêt-nam 1965.

Nous avions vécu six jours à Ngaï Lang. C'est un village au bas des montagnes, à l'ouest de Da Nang. On nous avait reçus les bras ouverts, avec force civilités; on nous avait alloué deux bonnes maisons pour y habiter le temps qu'il faudrait; les huit cents villageois ne nous regardaient pas trop longtemps durant la journée, tout en nous laissant nous restaurer et poursuivre notre enquête; mais, la nuit, aucun d'entre nous ne pouvait sortir sans risquer de recevoir une fléchette empoisonnée dans la nuque. Nous étions onze soldats isolés de leur base, onze hommes fatigués, abrutis, résolus, onze Américains à la poursuite d'un commando viêt-cong.

John Walker était mort. On l'avait tué la semaine précédente. Il était mon ami. Le seul souvenir que je gardais de lui, c'était son fusil, un M16 très léger que je portais sur le dos, croisé avec mon M14. John appartenait au corps d'élite des fusiliers-marins; il avait reçu un entraînement spécial et travaillait à mater l'insurrection qui gagnait les civils; il parlait presque couramment le vietnamien. Nous avions retrouvé son corps, décapité, à moins d'un mille du camp. Stewart était alors parti avec cinq hommes et une auto-chenille à la poursuite des terroristes qui rôdaient dans les environs; il en était revenu deux jours plus tard, traînant derrière lui, à terre, attaché par les pieds à la voiture, un cadavre vietcong. Je sais que j'aurais dû le sermonner. Nos directives nous interdisaient ces procédés, qui pouvaient irriter la population. Je fus plutôt étonné de trouver qu'un de mes hommes fût encore capable d'une réaction quelconque; pour moi, ce n'était qu'une horreur parmi d'autres. Le cadavre, déchiqueté, m'impressionnait aussi peu que celui, mutilé, de mon ami.

Je poursuivis le plan de Walker. Il s'agissait de

forcer les Viêt-congs, commandés par Ngoc Van Thuyet, à livrer combat. Si on se trouvait face à face, on arriverait à les exterminer. Mais ils préféraient nous harceler, nous tuer un par un. John avait localisé leur camp d'approvisionnement et l'avait détruit. Nous savions cependant que des villageois de Ngaï Lang continuaient à leur procurer des vivres. C'est pour cela que nous étions arrivés là-bas.

Ngoc était un adversaire de taille. Jeune et brillant. Je le connaissais un peu. Il avait été notre prisonnier pendant trois semaines, jusqu'à ce qu'il s'évadât, tuant deux des nôtres. Il savait faire la guerre. Nous, nous avions des armes. Des armes. Plus rien.

Maintenant que nous occupions Ngaï Lang, les guerrilleros ne pouvaient que quitter la région ou crever de faim autour du village, à moins de nous attaquer. Nous avions pu évaluer leur nombre à environ trente hommes. Trente réguliers; mais il fallait aussi compter ces paysans ravagés qui, la nuit venue, prenaient un fusil et nous tiraient dessus. C'était une sale guerre; la plus sale de toutes: la guerrilla. Nous étions onze. J'avais aussi sous mes ordres vingt et un Vietnamiens loyaux à Saïgon, mais ils pouvaient déserter à n'importe quel moment. Il ne s'agissait pas pour eux d'idéologie, pas plus que pour nous. Nous étions en guerre; nous étions des chiens sauvages, comme ceux qui aboyaient le soir autour du village. On se battait parce qu'il le fallait, parce qu'on nous avait envoyés pour cela, parce que, si on ne se battait pas, on mourait. Quand Ngoc était prisonnier, j'avais deviné, sous ses silences, ses mépris, ses insultes, le même cynisme qui nous rongeait.

En Amérique, ailleurs, entre-temps, on manifestait. Des étudiants, des professeurs, des intellectuels, réclamaient la fin de la guerre. Des tas d'illuminés parlaient de justice, d'humanité, de droit. Ils passaient à côté de la question. Ils ne comprenaient rien. Nous non plus; mais, quand on pensait à eux, on crachait à terre.

Nous avions fouillé tout le village. Nous recherchions les puits, les tunnels, les maisons où l'ennemi pouvait être caché. Rien. Nos Viêt-congs devaient être dans le bois. Cela pouvait prendre du temps avant qu'ils se montrassent: ces gens étaient capables de vivre quelques semaines avec les maigres rations de riz qui remplissaient leurs poches de pantalon. On devait les surprendre, et les détruire. Si on y parvenait, au moins pour un temps la région serait de notre côté. Les indigènes, avec la raison de vingt ans de guerre, se rangeraient du côté des vainqueurs, quels qu'ils soient. L'hostilité et la fidélité sont vite interchangeables.

Le sixième jour, à l'aube, Ngoc Van Thuyet, à

la tête d'une soixantaine d'hommes, attaqua le village. Les paysans s'enfermèrent dans leurs cabanes. Les Viêt-congs concentrèrent le tir sur les quelques masures à l'écart où nous nous barricadâmes, mes dix hommes et les gouvernementaux. Nous étions assiégés. Ngoc feignait une attaque avec un feu soutenu, passait une heure ou deux à tirer pour nous empêcher de sortir, puis recommençait. Nous connaissions ça. Le moral resta bon. Quand l'après-midi vint, on avait trois morts, et plusieurs cadavres ennemis jonchaient les alentours de notre position. Outre les armes régulières, nous avions un M79 qui lançait des grenades jusqu'à quatre cents verges. L'adversaire n'avait que de vieux fusils, des Brens canadiens et des MAT49 français. J'aurais voulu faire une sortie, mais c'était trop risqué. Je savais que Ngoc cherchait à nous épuiser. Tandis que la moitié de mes hommes tirait, l'autre se reposait tant bien que mal.

La nuit arriva. Il soufflait un vent du nord assez vif, et je craignis que l'ennemi ne tentât de déclencher un incendie. Il n'en fut rien. Il n'y eut pas même de tentative d'assaut. Je ne savais que penser de cette tactique, mais je ne mésestimais pas Ngoc.

L'aube du septième jour se leva. Il y eut, à peine le soleil visible, une fusillade dense, accompagnée d'un mouvement de regroupement des forces adverses. Allaient-ils enfin déclencher l'assaut? Nous avions maintenant sept morts, dont un Américain, Gerry, une jeune recrue de Milwaukee. Un qui ne verrait plus le lac Michigan ni d'autre. Au matin, les Viêt-congs se retirèrent, ayant perdu suffisamment d'hommes.

— Il faut les poursuivre.

— Ce doit être une feinte, me dit Mike. Si nous les suivons, nous tomberons dans un piège.

— Si nous ne les suivons pas, nous les perdrons encore une fois.

C'est ainsi que nous quittâmes Ngaï Lang, sans même avoir enterré proprement Gerry ni les six Vietnamiens; quant aux Viêt-congs morts, une quinzaine peut-être, nous n'y pensions même pas.

Je ne voulais pas trop m'éloigner pourtant. Je laissai le peloton vietnamien au village et je me lançai avec mes neuf hommes derrière Ngoc. Sans doute la moitié de ses forces était-elle formée de paysans locaux qui tâcheraient de rentrer chez eux et nous salueraient du bras en passant; les autres, les réguliers, pouvaient aussi bien se disperser dans la forêt, trouver un camp de fortune, ou fuir vers le Laos. Ou peut-être s'agissait-il vraiment d'un piège. Nous étions en forêt à présent. Toutes les précautions devinrent indispensables.

Il ne fallait pas se presser. Nous avions un bon équipement, dont un radar portatif pour déceler les mouvements de l'ennemi, un locateur qui nous donnait notre position continuellement sur la carte, un lance-flammes, un décodeur de morse, un émetteur-récepteur, des tas de grenades, chimiques, à poudre et plastiques, et les armes régulières. Si besoin était, je pouvais appeler à l'aide un hélicoptère Skycrane transportant soixante hommes. Mais il fallait se méfier des embuscades, des pièges, des trappes qui couvraient ces régions hostiles.

Pendant des heures, nous suivîmes les traces très visibles laissées par les fuyards. Des heures de silence. Nous marchions en éventail dans la brousse. Nous connaissions le terrain. J'entendis Dale crier, un pied englouti dans le sol. Un piège. Le fond du trou était plein d'aiguilles de bambou pointues, imbibées d'excréments, empoisonnées. Mais nous portions des semelles d'acier dans nos bottes. Toutefois, nous savions désormais que chaque coin du sol pouvait cacher un piège.

Dale ne survécut pas longtemps. En trébuchant sur une branche tombée, il déclencha un autre piège, et une boule de roches, de boue et d'épines de bambou, dissimulée dans un arbre, l'écrasa de ses soixante livres. Il mourut sans un mot.

Nous marchions. Les traces étaient encore fraîches. Joe tomba, frappé dans le dos. Nous n'avions entendu qu'un coup, et nous nous dissimulâmes dans les buissons. Aucun de nous ne savait où se trouvait le franc-tireur. Jack se mit au radar, au cas où un mouvement trahirait une présence. Je le regardai. Rien. Bob, serpentant à travers les hautes herbes, trouva le Viêt-cong, blotti dans un trou couvert d'un buisson, fusil aux aguets; il le tua, et nous poursuivîmes la marche. Nous étions huit.

Au moins en avions-nous tué un. Cela nous ranima. Il ne fallait céder à rien, ni au cafard, ni à la peur, ni à l'abrutissement. Nous nous arrêtâmes devant un pont, qui portait encore des marques de pas. Nous mangions en marchant; ici, nous avions de l'eau. L'eau était un peu boueuse, mais nous avions des pastilles pour la purifier. Il fit bon de boire. Le soleil frappait dur. En buvant, nous nous sentîmes presque humains. Nous profitâmes de l'arrêt pour nous barbouiller le visage et les mains de liquide contre les insectes.

On allait traverser le pont. Stewart nous arrêta: souvent ces ponts étaient coupés, et ceux qui s'y engageaient tombaient sur des pointes acérées et empoisonnées cachées dans l'eau. Il y avait un grand bâton pas loin du pont. Stewart le prit, pour le jeter sur le pont et le tester.

Au moment où il serrait le bâton, celui-ci, qui contenait une grenade amorcée que la pression de la main mit en action, explosa. Je pus voir le visage tordu de Stewart dans la fumée. Avec un juron, Eddy, un ami qui, comme moi, venait de Los Angeles, se lança sur le pont. À peine avait-il posé le pied, que le pont et lui-même disparurent dans le feu d'une explosion. Nous n'étions plus que six à nous regarder, les lèvres rigides.

Tandis que mes hommes cherchaient un tronc de dix pieds pour traverser la crique, j'appelai des renforts par radio. L'hélicoptère survolerait les alentours dans deux heures. L'arbre jeté en travers de la rivière, qui coulait à six pieds sous nous, nous arrivâmes à l'autre côté. Il fallait poursuivre les Viets. C'était la guerre. Nous étions envoyés pour cela. Il paraît même que nous défendions la démocratie et le droit d'être libres. Cela était peut-être vrai. Nous ne savions pas au juste. Nous ne savions rien. Nous savions que nous étions des chiens enragés à la poursuite d'autres bêtes. La guerrilla n'est pas une oeuvre d'hommes. C'est la tuerie d'animaux qui ne se connaissent pas et se haïssent à peine, mais qui ont pour mission de se détruire.

Plus tard, nous tombâmes à l'improviste sur une dizaine de Viêt-congs. Ils nous aperçurent. Nous en tuâmes neuf et prîmes le dernier vivant. Nous étions fatigués. À bout. Nous marchions depuis douze heures. Depuis l'éternité. Nous questionnâmes le prisonnier. Il fallait faire vite. Nous n'avions pas le temps. Il ne voulait pas parler. Tandis qu'on lui tordait les bras, il nous regardait avec une haine de vingt ans de guerre. Peut-être aurait-il fini par dire quelque chose, mais Fred, d'un coup de pied maladroit, lui avait rompu la nuque.

Il fallait continuer, seuls, au hasard des traces. Bientôt, ce serait le couchant. Nous nous pressâmes. Et nous tombâmes dans l'embuscade.

Les balles venaient de partout. Tom et Jack tombèrent les premiers. Leurs corps nous protégèrent un temps, puis nous prîmes position parmi un fouillis d'arbres. Nous n'étions plus que quatre. Je vis Bob trembler convulsivement. Il tremblait. C'était atroce à voir. Puis il concentra sa haine et sa peur sur son fusil. Je regardai son cou tendu. Chaque balle devait tuer un homme.

Les Viêt-congs criaient. C'était une affaire de démons. Des cris. Du silence. Des rafales. Et ça recommençait. Ils étaient tout autour de nous. Il fallait résister le temps que prendrait l'hélicoptère. J'étais quand même satisfait. Ils ne savaient pas que nos renforts arrivaient. Ils étaient pris. On les tuerait de l'hélicoptère, s'il le fallait. Nous, nous devions gagner du temps. Ne pas mourir. On ne pouvait pas se le permettre.

Nous voyions, nous sentions l'ennemi approcher, nous cerner, avec la certitude de notre défaite. Mike rampa dans les herbes. Je ne dis rien. À ce stade, c'était chacun pour soi. Il était impossible de jouer aux stratèges. Je comprenais qu'il voulait s'éloigner et abattre quelques-uns des adversaires par surprise. On ne savait pas si on combattait un contre cinq ou un contre vingt. Bob réussit à atteindre la mitrailleuse M60 près du cadavre de Tom. 550 balles à la minute. Nous n'avions de munitions que pour quelques minutes.

Les autres avançaient. Mike, que j'avais perdu de vue, reparut au loin. Il était dans le noir d'un arbre. J'entendais les balles crépiter dans l'angoisse du siège. Je ne sais pas combien il a pu en tuer avant que son corps, raidi brusquement, tombât disloqué. Un pauvre pantin qui avait été plein de vie, de chair et d'os.

On ne se regardait pas. Mais on se demandait lequel des trois survivrait le plus longtemps.

Nous étions des brutes. Quand on se défend, on est des brutes. Ngoc pouvait se croire noble, patriote: il avait l'initiative. Moi, en observant les faces de mes deux hommes, je me demandais si j'avais l'expression aussi animale qu'eux. À part la rage et la haine, nous n'avions rien d'humain. Pourtant nous avions eu une éducation, jadis, en Amérique, dans un autre monde. Là-bas, la vie existait. Ici, rien. La mort même n'existait pas. Rien que cette folie de balles et de chairs vulnérables. Un écrasement de sensations féroces, à ras de peau. Ne pas rater ces cibles maigres qui avançaient sur nous.

L'horreur grandissait dans les orbites de Fred, gonflées d'impuissance sauvage. Bob ne pouvait que deviner les présences dans les buissons et tirer au hasard. On ne voyait presque rien. Ceux qu'on visait n'étaient qu'une petite partie des attaquants. Le vrai danger, qui avançait, pas à pas, destin pourri, on ne pouvait que le sentir dans la tension de nos gorges. Bob devenait fou. Il tirait de tous les côtés ses dernières cartouches. Les Jaunes semblaient intouchables. Je pesais tellement sur la gachette que mes doigts n'étaient que des ferrailles articulées. On tuait un type, et le voilà remplacé.

Mais je savais que si on tenait assez longtemps, on avait des chances de survivre, et de reprendre le même combat ailleurs. Les Viêtcongs ne pouvaient pas être inépuisables. Sans doute des paysans se battaient avec le commando de Ngoc; mais, même ainsi, on pouvait en tuer et en tuer. Peut-être n'étaient-ils plus que quinze, que dix. Impossible de le savoir. On s'affrontait au hasard, sans idées, sans rien. J'en étais à mon troisième fusil. Je ne savais pas si mes yeux étaient mouillés et brûlés de larmes ou de sang.

Ils étaient proches déjà, à cinquante, peut-être à quarante verges. Alors Fred jeta son fusil et, hagard, hystérique, résolu, prit le lance-flammes. J'ignorais qu'il pût s'en servir. C'est une arme inhumaine. Mais nous n'étions pas des hommes. Et l'ennemi non plus. Rien que des fauves, des abrutis, des combattants.

Fred se dressa, le dos protégé par un arbre, et manoeuvra le démon. C'est horrible, une flamme immense, sous pression, lancée contre des hommes aboyants. Mais nous n'avions plus de grenades, plus rien. Je vis des corps se lancer en avant, les bras ouverts, dans la gesticulation de la mort. La terreur des Viêt-congs se mêlait à la mienne. Fred devait fermer les yeux, ou ne rien voir que sa propre horreur. Ceux qui avaient voulu cela étaient ailleurs, à Washington, à Hanoï, dans toutes les villes du monde. Quatre milliards d'hommes nous avaient poussés à cela. Et cela dura atrocement jusqu'à ce que Fred s'abattît, dans le soulagement de la mort instantanée.

Les survivants se jetèrent sur nous comme un accès de rage. Je pus voir Bob tomber, les jambes fauchées, puis une explosion de sang à la place du visage. Je tirais encore. Je tirai quelques balles de plus, durant le peu de secondes qui me restèrent, puis tout cessa. Je ne sais pas comment ça a pu finir. Mais quelques Viêt-congs me tordaient les bras sur le dos, tandis que deux autres me couvraient de coups de poing.

— Arrêtez, dit Ngoc. Il faut fuir au plus vite. Des renforts américains sont sans doute en route.

Je comprenais à peu près ce qu'il disait. Il compta les survivants: six des siens, quatre paysans et sept blessés graves. Il dit aux paysans de s'occuper des blessés, de les cacher, et de quitter les lieux immédiatement. Tandis que les paysans fabriquaient des civières de fortune, les sept Viêt-congs discutaient. On m'avait lié les bras au dos et attaché à un arbre. Mon sort ne m'intéressait pas. Sept survivants. Un homme sur quatre. Ils avaient deux douzaines d'hommes à venger. Peut-être allais-je être torturé. La lourdeur de la lutte s'était dissipée assez vite. Il ne restait que la paix et le dégoût, le morne abrutissement de survivre.

Ngoc Van Thuyet vint vers moi. Il parlait anglais.

— Nous partons. Vous viendrez avec nous. Si vous essayez de fuir, on vous tuera, et je vous assure que mes hommes ne seront pas doux.

Ils dépouillèrent les corps, les nôtres et les leurs, de toutes les armes et de l'équipement utile, et les répartirent entre eux et les paysans.

Et la fuite commença.

Nous marchions assez vite, mais sans courir, afin de ne pas nous fatiguer. J'avais presque toujours quelqu'un à mes côtés et deux hommes derrière moi. Je savais qu'on allait vers l'ouest. Sans doute au Laos. À moins que les guerrilleros n'aient un camp dans la forêt assez bien dissimulé pour échapper à nos patrouilles aériennes.

Les moustiques me dévoraient le visage. Je ne pouvais pas me mettre de l'insecticide. Mes bras étaient toujours attachés à mon dos. À chaque piqûre, une douleur, un réveil, un vague écoeurement. Je ne m'occupais pas de les chasser par des mouvements de la tête. Je subissais tout. Je me laissais glisser plus avant dans le tunnel de dégoût, de folie et d'indifférence qui avait commencé aux premières escarmouches de la guerre.

Je me tirais assez bien d'affaire en marchant. Parfois, je ne pouvais empêcher ma face d'être lacérée par des branches basses. Ce n'était rien. Ma tête n'était qu'une excroissance de chair, de sueur et de fatigue. J'aurais bien voulu faire tomber mon casque d'acier, mais je songeais que je pourrais en avoir besoin.

Les Viets étaient aussi épuisés que moi, et, au bout de quelques heures, nous ne pouvions plus avancer qu'en crachant à chaque pas tout l'air de nos poumons. Pourtant nous continuâmes ainsi jusqu'à la tombée de la nuit.

On arrêta parmi de grands arbres qui arriveraient au besoin à camoufler les ombres et à cacher le feu. Je savais qu'ils n'avaient rien à craindre. L'hélicoptère n'aurait rien pu trouver, ou tout au plus quelques cadavres. Les paysans avaient dû miner le site. Personne ne pouvait savoir que j'étais vivant et prisonnier. Je regardai les hommes préparer le camp. Ils arrachèrent les herbes au centre, là où ils allumeraient le feu. Ils se groupèrent autour du foyer pour désinfecter et panser les blessures et égratignures dangereuses. J'avais une grande éraflure au-dessus du poignet. Dans ce climat, la gangrène vient vite. L'un des hommes s'occupa de moi, sous les ordres de Ngoc. Ensuite, ils firent cuire du riz.

On me donna à manger. Certainement pas par pitié, mais pour que je puisse marcher le lendemain. Chacun avait son bol; on me donna le riz dans la bouche. Je ne fus détaché que le temps de faire mes besoins sous la surveillance d'un fusil. Rattaché entre deux arbres, jeté à terre, dans le silence à peine peuplé de souffles, je tentai de dormir. J'étais une bête, une bête qu'on traîne, qu'on nourrit, qu'on surveille, et qu'on attache pour le coucher.

Lever à l'aube, et la fuite à reprendre. J'eus

du mal à me lever. J'eusse voulu dormir quarante-huit heures sur place. Les guerrilleros furent debout en une seconde. Ils avaient l'habitude de dormir ainsi au hasard, sans se dévêtir, jour après jour. Je ne pouvais pas les admirer. Nous aussi, nous savions faire cela. On savait tuer et mourir aussi durement qu'eux. Nos représailles rimaient bien avec leur terrorisme. Je me mis en marche avec eux, sans résister, sans tenter quoi que ce soit; mais ils n'allaient pas me faire parler. Il me restait encore ce semblant de dignité.

On fuyait. Personne ne nous poursuivait. On fuyait la région. Peut-être les paysans parviendraient-ils à s'unir, à s'organiser, à ôter cette région à Saïgon. Et Ngoc irait libérer d'autres régions. Que nous libérerions à notre tour. Et la stupidité de la force continuerait.

Ngoc portait une montre. Parfois il la consultait et regardait le soleil. Toujours vers l'ouest. Je n'avais pas été trop brutalisé encore. Je regardais leurs visages. Rien. Des êtres normaux. Le même mélange d'intelligence, de bonté et de préjugés sous le masque cruel de la guerre. Nous avions le même visage, avec l'abrutissement du climat étranger. Ces êtres normaux luttaient pour leur pays. Ils avaient tué John Walker et lui avaient coupé la tête. Ils avaient tué mes hommes, un par un, jusqu'à dix. Ils tuaient souvent la nuit, par derrière. On avait bien entendu parler de prisonniers torturés pour rien. Nous avions fait la même chose. Je ne les jugeais pas. Si j'avais été libre, avec un fusil-mitrailleur, je les aurais tous tués.

Le lendemain, on m'attacha les poignets en avant, et non en arrière. Je me sentis plus homme. Je regagnais un peu ma puissance d'action. Il était toujours inutile de combattre ou de vouloir fuir, mais je pouvais écarter les branches, voir mes mains, écraser des insectes. Nous marchions plus lentement. La frontière devait être proche.

Au soir, deux des Viets tuèrent un macaque, et nous arrêtâmes sur place pour la nuit. L'odeur du singe me rendait malade d'appétit. La viande, la belle viande. Je les vis se mettre à manger, me tenant à l'écart. Je ne montrai rien sur le visage. Nous arrivions au bout du voyage et mon sort allait être décidé. Je voulais leur montrer un certain mépris, non d'eux, mais de la situation, de ma situation.

Au bout d'un temps, l'un d'eux me jeta une tranche de la viande. Je la pris, sans remercier, en le regardant tranquillement, et je mangeai. C'était bon.

On manquait d'eau potable. La soif nous entrait dans le cerveau, à tous. Notre organisme s'abreuvait à l'eau de nos yeux et nous laissait comme fous, durcis dans une volonté de marcher. Personne n'avait le goût de manger la viande sèche du macaque. Deux jours. Je n'avais pas le courage d'admirer notre force. Nous étions des soldats, tous. Notre métier était de résister stupidement jusqu'à la fin.

Je compris que nous allions tomber sur un village. C'était de la chance. Il était rare que je pusse comprendre le langage des Vietnamiens; d'autre part, ils ne parlaient que rarement, vite, comme on fuit. Ils ne me traitaient plus avec haine, car je ne les dérangeais guère. Une fois, je vis même une étincelle d'intérêt dans le regard passionné de Ngoc. J'étais encore dans la tension profonde de la guerre; mais je commençais à penser lucidement.

Un village. Il était difficile de dire s'il se trouvait au Viêt-nam ou au Laos. De toutes façons, c'était à peu près le même pays, les mêmes gens, le même destin. Parfois, je ressentais une sourde solidarité à l'égard de mes ennemis anonymes, du fait que nous fuyions ensemble. Le plus souvent, c'était un sentiment neutre d'étrangeté. Je pensais à mes compagnons morts, tués, détruits comme des marionnettes. Si cette guerre finissait par trouver des vainqueurs et des vaincus, une moitié des combattants serait morte en vain. Si la paix survenait, tous seraient morts pour rien. Une grimace idiote apparue un instant dans le roulis des journaux. On dirait qu'on en a tiré un certain profit, ou qu'on s'est couvert d'honneur, afin de déguiser cette perte de temps, d'énergie, ce gaspillage, cette tuerie d'intelligences inutilisées.

Ce n'était pas chacun pour soi. Nous avions tous des ordres, des responsabilités, des buts, des tactiques, des plans d'ensemble. Je cessai de chasser les insectes de mes poignets liés. Je fis un effort pour songer qu'il ne s'agissait que de moi, ou, du moins, surtout de moi. Je songeai au village. Un village. Des hommes. Peut-être pas encore des bêtes. Une apparence de civilisation. Une tentative de raison, d'humanité. Quelqu'un qui vous offrirait de l'eau. Qui vous montrerait le puits et ne jetterait pas de pierre sur votre corps penché. Comme tous ces villages de paysans, il ne serait ni ami ni ennemi. Ils accueilleraient ceux des deux groupes, en attendant la fin de la guerre.

Ngoc semblait reconnaître le terrain. Il changeait souvent de direction, suivant des signes que lui seul distinguait. Mes yeux, ma gorge, mon ventre me disaient que le village approchait. J'acceptais de violenter mes jambes, mon espoir, j'acceptais de m'aveugler dans cette marche éternelle. Follement, je me disais que peut-être il y aurait des femmes dans le village.

Je ricanai. C'était idiot. Aucun de nous n'aurait eu la force de prendre une femme dans ses bras, ni même de lever les yeux sur elle. Pourtant, ce soupçon de désir me parut ma dernière et plus profonde adhésion à la vie humaine.

Silence dans le village. Deux cents cabanes, un ordre autour de la place, quelques cambuses plus importantes, et un silence affreux sur tout ça. Il n'était que cinq ou six heures. Le soleil brillait encore. Une certaine activité aurait dû se faire entendre. Ngoc nous fit arrêter.

Rien. Vraiment rien. Pas même des cris de bêtes. On avança, tranquilles, lents. Ce ne pouvait pas être un piège.

L'un des Viêt-congs montra la citerne. Presque en délire, on l'approcha. Ngoc jura en montrant une poignée de cadavres entassés autour de l'eau. La rage et la peur dans les yeux, un dernier sursaut de fatigue, et nous explorâmes quelques maisons. Il n'y avait que des morts. Des morts partout, déjà nauséabonds, atroces et dégoûtants dans leur immobilité convulsée, toxique.

Près d'un ramassis de corps, un spectre nous regardait venir. Il était petit, âgé, une vieille peau sur de vieux os.

Ngoc nous apprit que les vieux du village, après une génération gâchée, convaincus de l'inutilité de poursuivre une existence toujours déchirée par la guerre civile, avaient empoisonné le puits. Tous étaient morts. Même les quelques vieillards qui avaient fait le coup étaient morts, peu à peu. Lui seul survivait. Pour rien. Il attendait la fin.

Nous quittâmes le village comme on fuit les lieux maudits. Le dégoût et l'épuisement nous sauvaient de l'hallucination. Mais nous nous sentions obscurément condamnés.

Nous trouvâmes de l'eau le lendemain matin. On put manger une portion du macaque. Ce n'était plus très bon, mais ça nous soutiendrait encore quelque temps. Cette marche forcée semblait un voyage sans but au coeur de l'enfer.

Je me demandais encore s'ils allaient me torturer. Ça arrivait. Même quand ce n'était pas systématique, tout interrogatoire pouvait aboutir à la torture. En marchant, je considérais cette éventualité de sang-froid. Je n'avais pas peur. Mais je savais bien qu'ils sauraient me faire craindre chaque coup, chaque brûlure, chaque torsion. Ils sauraient s'occuper de mon système nerveux, le soigner, le garder au repos, l'apaiser, l'écarteler, le guérir, et recommencer.

Les jambes qu'on oublie, tellement la marche les a rompues. Je laissais les insectes s'acharner sur mon visage. M'essayer à la douleur. Je ne sentais rien. J'avais lu des récits de torture. C'est un sujet absorbant, passionnant. La souffrance infligée hypnotise. Probablement parce que c'est toujours signé d'un pouvoir plus ou moins absolu. J'avais lu des romans. Koestler, Orwell, Fleming. Ce n'était rien. Le style empêchait de croire. Mais j'avais lu Jan Valtin. «Out of the night». La Guépéou. La Gestapo. Le temps des barbares. Dans tous les siècles, et aujourd'hui.

Je me souvenais aussi d'un prisonnier viêt-cong. On l'avait interrogé, et il ne voulait pas parler. Il se croyait très fort. Il s'accrochait au souvenir de l'illuminé, du sage, du vénéré Ho Chi Minh. Il était prêt à renouveler l'histoire des martyrs chrétiens. Mais il avait compté sans les coups de poing reçus par un corps vulnérable attaché sur une table, sans les canons de fusil enfoncés dans les chairs, sans les coups de matraque sur la nuque couverte d'un oreiller, sans les gants de caoutchouc serrés autour des testicules, sans les coups de règle sur les jointures, et surtout sans les repas chauds et bons servis aux moments inattendus avec de cordiales paroles humaines. On peut résister longtemps à quelqu'un qui vous arrache les cheveux un par un, mais pas à quelqu'un qui vous déchire la chair pour ensuite vous offrir le salut, l'amitié, la liberté d'action. Nous savions manier les hommes. Nous savions quand ils se durcissaient et quand ils étaient prêts à entendre raison, à se ranger à notre avis, non par peur, mais parce que c'était la seule ouverture à l'existence, maintenant qu'ils étaient seuls, isolés, à la merci de nos paroles, de nos coups, de nos espoirs offerts. Et c'est ainsi que ce prisonnier, devenu une loque, une bête aux yeux traqués, s'engagea dans l'armée régulière et fut tué au combat au bout de deux semaines.

Peut-être n'allaient-ils pas me torturer. Quand ils en avaient le temps, ils préféraient le raffinement du lavage de cerveau. Mais je n'avais pas de cerveau. Je n'avais pas d'idées, de croyances, de principes. Tout était loin, enfoui sous l'horreur, la rage, le dégoût, la fatigue.

Et nous arrivâmes au camp des guerrilleros.

C'était un endroit assez permanent. Quelques cabanes en bois, plusieurs tentes, de l'ordre. On me remit à deux gardes. Je restai ainsi, debout, pendant près d'une heure. Ngoc et trois officiers approchèrent.

— Détachez-le.

On me détacha. Ils parlaient entre eux un patois que j'ignorais. Aucun d'eux n'était Chinois. Je saississais qu'ils parlaient de moi, pas plus. Bientôt ils partirent, et je fus conduit dans une petite chambre d'une cabane. De la paille sur le sol de terre battue. Un seau. Un trou dans le mur. Mais je pouvais bouger.

Tranquillement, en me maîtrisant, je fis bouger mes muscles, un par un. Disposer de mes membres. Regarder où bon me semblait. M'asseoir, me lever, marcher, rester coi. Même prisonnier, je me sentais de nouveau suffisamment humain. Je voulais surtout ne pas penser à l'avenir. Encore la guerre. Ceux qui se battaient étaient trop forts. L'Amérique ne pouvait pas perdre. Nos usines marchaient, marchaient. Il y avait bien cette menace de grève parmi ceux qui fabriquaient les munitions, mais le Président forcerait vite l'industrie à continuer la production. La Russie ne se montrait pas. La Chine, pas encore. Mais qu'on décime davantage les Viêt-congs, et l'Asie serait déjà en forme pour se battre. Tout cela était idiot. Il n'y avait plus d'avenir. Je ne pouvais guère imaginer la paix. Chacun était trop compromis. Deux guerriers attachés par le poignet. Lutte à mort. Surtout, il y avait les spectateurs. C'était à cause des spectateurs qu'on ne pouvait plus parlementer, essayer de s'entendre. Personne n'avait l'autorité suffisante pour faire cesser cette guerre.

Ngoc entra dans la chambre voisine. Il s'assit sur une chaise et attendit. Quelques soldats dressèrent la table. D'autres apportèrent à manger. L'odeur chaude de la nourriture me fit mal au cœur. Je n'avais pas mangé décemment depuis plus d'une semaine. La torture commençait.

Non. Pas encore. Ngoc m'appela, m'invita à

partager son repas. Nous mangeâmes paisiblement, chacun essayant de cacher au mieux sa faim sous un masque de dignité, de dédain. Nous parlâmes tranquillement de choses sans intérêt. Nous étions au Laos. Les vents achevaient de souffler. On ne prévoyait pas de pluie.

Après le repas, le thé. C'est alors que Ngoc, affable, se mit à me questionner.

— Combien d'hommes avez-vous dans la région de Ngaï Lang?

— Je ne sais pas.

— Vous êtes mille deux cents. Voyons, vous savez bien que nous sommes au courant de ces détails. Que devez-vous bombarder prochainement?

— Nous n'avons pas de bombardiers par ici.

— Vous en avez cinq. Ils sont arrivés il y a dix jours. Pour bombarder quoi?

— Je ne sais pas.

— Pas du tout?

Je fis silence. Il me dévisagea, neutre. Sa voix était tranquille. Du métal.

— Vous attaquerez la partie sud. Il n'y a que des villages, précisa-t-il, mais cela ne vous arrête pas. Ce n'est pas à nos armées que vous en voulez. C'est à toute la population.

Il ne disait pas que, cette population, c'était surtout ces paysans armés qui nous décimaient la nuit.

154

— Vous employez de nouveau du napalm. L'incendie des territoires civils, c'est du génocide. Cela non plus ne vous arrête pas.

Il ne disait pas que nous n'incendions que les régions où ils puisaient des vivres. Il me rappelait ces journalistes qui prenaient des milliers de photographies mais n'expédiaient en Occident que celles-là, si rares cependant, où l'on voyait des femmes et des enfants autour des cabanes détruites.

— Où construirez-vous les dépôts d'armes?

— Je ne le sais pas.

— Combien de renforts amènerez-vous?

— Je ne suis pas en charge des manoeuvres.

— Quand commencerez-vous à couper la frontière?

— Aucune idée.

— Quand le Troisième Régiment quittera-t-il Da Nang?

— Je ne sais pas.

Il se leva. Il me regarda, toujours tranquille, et dit:

— Tout ce que je vous ai demandé, je le sais. Et vous le savez aussi. Nous parlerons de nouveau plus tard.

Et il sortit.

Je ne vis plus Ngoc pendant deux jours. L'entrevue avait décidé de mon sort. À peine fut-il sorti que l'on me déshabilla. Quoique nu, dépouillé, je pus, en me concentrant, essayer de ne pas me sentir trop vulnérable. Puis on m'attacha les mains aux chevilles. Je pouvais à peine bouger. Une bête jetée à terre. Tout juste assez de liberté de mouvement pour faire mes besoins. J'essayais de toutes mes forces de ne penser à rien.

La nuit fut assez chaude. Le jour aussi. De temps en temps, un garde regardait par le haut de la porte. Je faisais alors un effort pour ne pas sentir que j'étais observé. Il fallait éviter de sombrer dans l'humiliation.

Le deuxième jour, je me mis à considérer froidement la réalité. Ne rien imaginer. Ne rien valoriser. Mettre de côté toutes les velléités humanistes. J'étais tout simplement un prisonnier, nu, attaché, jeté de côté. C'était normal. C'était ainsi qu'on agissait. La guerre expliquait tout. Surtout, ne pas penser. Ne pas penser à Los Angeles, à la vie civilisée, aux valeurs, aux croyances, aux habitudes. Ne pas faire de comparaisons. Ne pas porter de jugements. Rester neutre, passif, physique.

Ngoc vint le troisième jour. Je n'avais rien mangé encore. Il s'assit, près de la porte, et me parla:

— Vous pouvez être fier. Les opérations américaines ont repris dans la région. Hier, il y a eu trois villages détruits. Trente paysans tués,

156

vingt-six femmes tuées, une cinquantaine d'orphelins abandonnés. Une grande victoire pour votre pays.

Un garde lui apporta un plat chaud. J'eusse voulu m'approcher. Je n'essayai pas. Il m'aurait envoyé rouler d'un coup de pied.

— Bien sûr, vous pensez que nous mentons lorsque nous vous traitons d'impérialistes. Pourtant, nous, nous sommes nés ici, alors que vous êtes né aux États-Unis. Et vous êtes ici. À quatre, cinq mille milles de chez vous. Mais, que vous soyez un peuple impérialiste, c'est de la propagande, n'est-ce pas?

Il arrêta de manger. Il y avait comme une vague indignation, presque de la tristesse, dans sa voix. Du théâtre, ou de la franchise? Je ne savais pas. Je ne parlais pas. J'essayais en vain de ne pas l'écouter.

— Vous parlez d'agression. C'est pourquoi vous bombardez le Laos, le nord du Viêt-nam, le Cambodge. Pourtant, vous savez que vous ne pouvez pas distinguer un patriote viêt-cong d'un soldat du Pathet Lao, et que vous distinguez bien un «marine» d'un Vietnamien. Qui est l'agresseur? Et vous ne pouvez traiter la Chine de pays agresseur à cause des quelques volontaires chinois que nous gardons dans nos rangs. Lorsque les Français étaient ici, vous ne faisiez pas ces différences entre paysans du nord et paysans du sud. Ou diriez-vous que les Texans et les gens de Chicago n'appartiennent pas au même pays? Ils ont été en guerre, eux aussi.

Ngoc se leva. Manifestement, il ne voulait pas tenir une conversation. Il ne voulait que parler. Il ajouta:

— Le péril communiste. Le péril jaune. Dans quel monde vivez-vous? Vous avez reçu une éducation; moi aussi. Vous savez juger. Regardez mon pays: où sont vos communistes? Qui fait la guerre? Nos paysans sont apolitiques. Les grands groupes civils sont bouddhistes. Pourtant oui, nous aurons un gouvernement communiste. Comment l'Asie survivrait-elle autrement? Nous formons bloc autour de la Chine. Mais vous savez bien qu'un régime communiste n'est pas l'épouvantail inhumain que vous peignez pour garder au pouvoir votre gouvernement démocratique de Saïgon, c'est-à-dire une minorité catholique, des éléments occidentalisés, des cliques militaires et ces personnalités corrompues que vous appuyez.

Et il s'en alla, après avoir poliment incliné la tête de mon côté.

Le jour suivant, on m'apporta un bol de soupe et un bol de riz. J'avais faim. Je n'avais pas le choix. J'étais toujours attaché. Je dus me traîner jusqu'aux bols, et j'engloutis ainsi mes deux rations, comme un chien, sous l'oeil impassible du garde. Qu'est-ce que cela pouvait bien faire? Il s'agissait de manger, pas de jouer à l'homme du monde.

Le temps était long. J'étais seul. Je me remémorais les techniques du lavage de cerveau: couper le patient de son groupe d'amis, briser son passé, détruire son univers mental, nier ses systèmes de concepts, prendre tout à fait possession de sa personne physique, le contrôler dans tous ses actes, exagérer les punitions et les récompenses, lui inculquer de nouvelles croyances, lui donner un statut neuf, en faire un nouvel homme. Je savais tout ça, je pouvais combattre. Réfuter leurs notions. Me garder intact à l'intérieur. Surtout trouver une attitude, une position qui me permettrait d'englober leur enseignement et le soumettre à la critique qui avait fondé mes propres opinions sur la vie et les choses.

Des fois, je me rappelais notre départ de Ngaï Lang, la poursuite, le combat, la fuite vers l'ouest. Mon ami John Walker, décapité. Les bombardements. Mes hommes, tués, tous, un après l'autre, Gerry, Dale, Joe, le grand Stewart, Eddy, Tom, Jack, Mike, Fred, et moi prisonnier. Ces mois de campagne, de batailles, de massacres. La connaissance intime de la mort, des blessures, des mutilations, de l'agonie. Cette guerre. Tout en vain, tout. La bêtise internatio-

nale. Et la force humaine au creux de l'horreur.
Je savais tout cela. Je l'avais vu. Je l'avais vécu.
Quel lavage de cerveau était donc possible,
sinon, peut-être, le retour dans un monde de
tendresse humaine? Même cela, je n'y croyais
plus. Ce n'était qu'un humble espoir qui parfois
traversait le cachot. La réalité qui durait, c'était
le dégoût et la fatigue.

Au bout de trois ou quatre jours, tôt, le matin,
un garde vint et coupa mes liens tandis que je
sommeillais encore. J'eus la folle idée qu'il était
des nôtres et allait me libérer. Mais il sortit sans
rien dire.

J'eus du mal à bouger. Mes membres refu-
saient de m'obéir. Je dus, posément, leur pom-
per du sang, peu à peu, réhabituer mes veines,
mes artères, au flux normal du sang. Reprendre
possession de mon corps. C'est l'instant où la
brute devient homme: quand on réapprend à
contrôler, à connaître, à maîtriser son organisme. La civilisation n'est que l'usage efficace
du corps, et surtout du système nerveux. Le trait
qui distingue l'homme éduqué du barbare, c'est
le contrôle de l'imagination, des démons des rê-
ves. Je pensais à ces choses lentement, en re-
muant mes muscles ankylosés.

Quelques heures plus tard, le garde m'apporta mes vêtements. Je pouvais déjà marcher.
Il me conduisit, l'arme au poing, au ruisseau qui

coulait près du camp. Je pus me laver, me plonger dans la bénédiction de l'eau fraîche. Il m'autorisa même à nager quelques brassées. Je bus aussi, la gueule ouverte, à même le courant.

Il me donna deux cigarettes. Je fumai, nu au soleil, comme un dieu. Je me sentais de nouveau libre. Toutefois, j'ignorais ce qui m'arrivait. Par mesure de précaution, je pris garde à ne pas exagérer mon bonheur. Il ne s'agissait que d'un bain et d'une ou deux cigarettes. Rien de divin. S'il le fallait, je savais m'en passer.

De retour dans la cabane, un grand repas, chaud et succulent, m'attendait. Je dévorai tout. Manger en me servant de mes mains. Pouvoir bouger à mon aise. Je sifflotai même un air que je ne sus nommer. Lorsque j'eus fini de manger et que je buvais, chose rare, un café, Ngoc entra.

— Bonjour, me dit-il. Je souhaite que la nourriture vous ait plu. Je vois aussi que l'on a nettoyé votre uniforme. C'est très bien. Il ne faudrait pas que votre passage ici, malgré les conditions spéciales de votre présence, vous laisse un souvenir trop désagréable.

— Je ne pouvais m'attendre à mieux. Je vous remercie beaucoup, fis-je aussi civilement que possible.

Il me donna un paquet de cigarettes et des allumettes. Lui-même mit de l'eau à chauffer.

161

Nous étions seuls. Nous nous plaçâmes un peu à l'ombre d'une fenêtre. Il esquissa un sourire rapide, invitant, et me demanda:

— Pourquoi nous combattez-vous? Qu'est-ce qui vous a poussé à quitter votre pays pour venir ici?

— Si vous voulez que je réponde, ne me posez pas de questions idiotes.

Il sourit encore, incertain.

— Je vous assure que cela m'intéresse. Écoutez-moi: j'ai déjà été en Amérique et en Europe; j'ai étudié là-bas; je connais un peu le monde. Je comprendrai ce que vous pourrez me dire. Soyez franc, cette fois. Vous savez maintenant que les attitudes négatives ne servent pas à grand-chose.

Il versa de l'eau bouillante dans une théière et poursuivit:

— Ne croyez pas que je sois le communiste fanatique dont vous rêvez encore chez vous. Je suis aussi communiste que vous êtes chrétien: à peine. C'est une manière de s'identifier, sans nuances, sans fondement profond.

— Cependant, cela vous conduit à faire la révolution. C'est cette identification sans nuances qui a provoqué cette guerre absurde.

— Elle est absurde pour vous. Parce que vous êtes totalement étranger à ce pays.

Le thé s'infusait vite. Il put bientôt se verser

162

une première tasse.

— Que dit le préambule à la Constitution des États-Unis d'Amérique? Il dit que les citoyens ont le droit de renverser par la force un gouvernement qui cesse d'être légitime, qui n'est plus approuvé par le peuple, qui ne remplit plus convenablement ses fonctions. Si vous aviez vécu ici, sous les régimes qui ont suivi la guerre contre la France, vous comprendriez mieux que nous ne puissions faire autre chose que tâcher de renverser le gouvernement de Saïgon.

— Pourquoi la force? Pourquoi ne pas demander des élections libres, sous le contrôle neutre des Nations unies?

— C'est vous qui posez des questions idiotes. Vous savez bien que les Nations unies ne sont pas neutres. Et vous savez qu'une élection paysanne ne rimerait à rien, car un vote ne vaut que s'il provient de quelqu'un qui a assez d'éducation pour juger la situation et connaître ses intérêts.

Ses arguments m'agaçaient. Ils me rappelaient ceux qu'en Amérique avancent les groupes pacifistes, qui ne comprennent rien à la réalité et évaluent tout de la tour d'ivoire de leurs abstractions livresques. Il me fallut ramener la conversation au niveau du réel.

— Vous dites que vous connaissez le monde, Ngoc. Ne me parlez donc pas de ces choses-là.

Ce n'est pas vous qui faites la guerre. Ni moi. Nous ne sommes que des pions. Ce ne sont pas nos intérêts qui sont en jeu.

— Il s'agit de mon intérêt de Vietnamien.

— Oui. Comme de mon intérêt d'Américain. Non, parlons plutôt sérieusement. Nous ne comptons pas. La croisade communiste vaut autant que la croisade anti-communiste: de la matière à parler pour éditorialistes naïfs et pour provinciaux en mal de raisons supérieures.

Il ne répondit pas. Il prit une cigarette et se repoussa vers le dos de sa chaise. Il semblait intéressé.

— Dites-moi alors ce que vous pensez.

— Penser? Je ne pense rien. Qu'est-ce que la guerre? Le savez-vous? Une énigme biologique, une confusion mentale, un cauchemar des sens? On ne sait pas. Mais ne me prenez pas pour un crétin. Il n'y a pas de guerre propre. Dans chaque guerre, vous avez le marché noir, la torture, l'avilissement des populations civiles, l'abrutissement des combattants, la prostitution, l'horreur au front et le plaisir derrière les lignes, la trahison, l'incohérence, la haine, la fausseté. Des deux côtés. C'est un comportement normal. Il est stupide de jeter la pierre à quiconque. Après tout, ce n'est pas notre guerre. Nous ne faisons que tuer et essayer de nous en tirer. Les jeux sont faits ailleurs.

— Où? Pourquoi?

— La guerre n'est pas hors contrôle. Pas tout à fait. Et elle ne se fait pas sur le champ de bataille. Cela, c'est du trompe-l'oeil. La guerre est faite loin d'ici, à Pékin, à Washington, à Hanoï, à Moscou, à Saïgon, à Genève. Et les généraux n'ont rien à dire. Rapppelez-vous: la France n'a pas perdu la guerre à Dien Bien Phu mais à Paris.

— J'essaie de voir ce que vous dites. Mais vous n'expliquez pas beaucoup.

— Pourquoi au Viêt-nam et pas à Cuba ou au Congo ou à Berlin? Mais pensez-vous que le Viêt-nam soit seul? Le Viêt-nam, c'est tout le Pacifique. Une victoire viêt-cong, c'est un incendie en Afrique, en Sud-Amérique, partout. Croyez-vous que nous puissions nous permettre de perdre cette guerre? C'est une partie d'échecs. Tous les coups sont liés.

Ngoc protesta:

— Non. Ce n'est pas un jeu d'échecs. Un jeu, ce n'est pas important.

— Une simple partie d'échecs. Mais les joueurs sont des géants. Derrière chaque coup, des passions formidables sont mobilisées. Vous avez commandé; moi aussi. Nous savons ce qu'est le pouvoir. Multipliez-le par mille, par un million, par davantage encore. Soutenez-vous encore que ça n'a pas d'importance? Non, le

165

pouvoir n'est pas l'argent ni les idées ni le bien-être général. Ce n'est presque rien. Et pourtant ça engage l'homme jusqu'au plus profond de l'existence. Le pouvoir. C'est plus fort que tout. Et quand on a le pouvoir, on n'accepte pas d'en perdre un seul morceau; on ne peut que le garder et l'accroître. Vous comprenez un peu, maintenant?

J'avais eu l'espoir qu'il comprendrait, qu'il sentirait ce que je lui disais. À peine si je le vis faire un effort sur lui-même. Et il me dit:

— Je vois. Oui, je vous comprends. Et c'est pourquoi nous vaincrons. Parce que vous êtes incapables de voir clair, de vous situer dans l'histoire, d'avancer vers l'avenir. On ne peut pas se représenter le monde comme vous le faites, et vivre. Et c'est ce que nous entendons lorsque nous vous parlons de décadence américaine.

Je ne pus pas lui dire qu'il se trompait, qu'il suffisait de comparer Hanoï à Los Angeles pour voir où se trouvait l'avenir. Ngoc sortit. Je ne le vis plus pendant plus d'une semaine. Peut-être était-il retourné aux lignes, au combat, à la guerre.

Les choses se gâtèrent. Je n'étais plus attaché la nuit. J'avais gardé mon uniforme. Le jour, je travaillais. Nous construisions des boîtes, nous réparions des armes, nous creusions des caches.

Les sentinelles, assez souvent, se montraient brutales. Un coup de pied, un coup de poing, des privations de repas pour des vétilles. Travaux forcés. De temps à autre, des commentaires sur la guerre, sur les atrocités américaines, sur les victoires des rebelles. Mais auraient-ils pu m'abaisser? Ils n'avaient pas prise sur moi. Je me retranchais dans le geste, le monde physique, l'animalité, la réalité brute de l'existence, de l'instant.

La guerre continuait. Parfois j'entendais des avions. Je reconnaissais les Migs et nos bombardiers, au loin. Nous étions bien protégés, ou éloignés de la frontière. On ne nous attaquait pas.

Je ne me sentais plus solidaire d'aucun élément de la guerre. Même dans la vie de prisonnier, je trouvais de quoi vivre seul, sans m'occuper de la folie à laquelle ma capture m'avait ôté. Je ne croyais en rien. Je ne m'attachais qu'à moi, qu'à survivre encore, parce que j'aimais mon contact avec la terre et, quoique loin dans mes souvenirs et mes espoirs, tous les biens de ce monde.

Je savais que j'avais raison. La guerre était un lieu d'horreur, manoeuvré par des hommes au pouvoir immense, aux passions fortes, aux intérêts primordiaux; des portions énormes de la terre étaient en jeu, des peuples entiers, la destinée des nations les plus grandes. Il était impensable d'accepter la défaite. La guerre était atroce, mais la victoire finirait par lui donner une signification logique. Peut-être. De toutes façons, je n'y pouvais rien. Je ne pouvais que végéter, et attendre.

Enfin, vers la fin de décembre, et nous étions en 1965, Ngoc vint me voir. J'avais remarqué que les soldats semblaient heureux, comme si on leur avait annoncé une bonne nouvelle, inespérée.

— Alors? fit Ngoc.

— Rien.

— La vie est dure, n'est-ce pas?

— Nous sommes des hommes.

— Oui, je sais.

Il m'offrit une cigarette. Je sentais qu'il hésitait. Puis il se décida.

— Jusqu'à nouvel ordre, vous serez libéré des travaux. Vous ne devrez pas vous éloigner du camp. Vous serez sous surveillance. Mais vous pourrez vivre assez librement, manger avec les soldats, sortir sans difficulté de cette cabane. Nous essaierons même de vous procurer une femme, si vous le désirez. Nous ferons de notre mieux pour que vous soyez satisfait d'être ici.

Je le regardai. Je ne comprenais pas encore.

— Oui, me dit-il, la trêve est déclarée.

Il ajouta:

— Les combats sont suspendus. C'est la trêve. Peut-être y aura-t-il de bonnes nouvelles pour vous. Un échange d'otages. Je ne sais pas.

Je le regardai encore. La trêve. Pourquoi? Qui l'avait décidée? Je ne croyais pas en la paix. On devait chercher à modifier la stratégie, à grossir les réserves de munitions, d'hommes, d'équipement lourd. Propagande. Repos. Manoeuvres de coulisses. On arrêtait la guerre, comme ça, de loin, pour la relancer plus tard.

— Vous voyez bien que, avec intelligence et bonne volonté, tout est possible, fit-il.

Je regardai Ngoc, encore. Il ne comprendrait jamais.

Ottawa, Ontario
Saint-Bruno, Québec
Porcupine Forest, Manitoba
3 mars – 19 mai 1966

LE VOYAGE
DU PETIT HOMME

Un endroit désert. Vaguement, dans le lointain, quelques lumières. Même pas: le reflet de quelques lumières. La nuit, tellement noire. Jadis, on disait: noire comme la gueule d'un loup. Mais on n'employait plus ces expressions, on ne savait plus ce que c'était qu'un loup, on vivait dans un monde différent.

Un endroit désert, donc. Noir. Dans le noir, une silhouette noire. Un homme, un drôle de petit homme en complet noir, correctement mis, y compris un chapeau melon noir. Dans l'ombre touffue, on le voyait à peine.

Deux phares, qui semblaient dessiner une route. La voiture avançait à toute vitesse, profitant de la voie libre. Le temps d'un clin d'oeil, la voiture frappait la silhouette obscure, dérapait, versait dans le fossé. On entendait encore les tintements variés de la ferraille quand le petit homme, vingt pas en arrière, finissait déjà de défroisser son pantalon un peu abîmé par le choc.

Il secoua la tête, se gratta le crâne, et demeura immobile, pensif.

Puis il continua son chemin, sans s'attarder à inspecter les dégâts.

* * *

Quelques minutes plus tard, un homme grand, énergique, s'arrêta pile devant le véhicule accidenté. L'un des phares éclaira son visage: des yeux perçants, une mollesse féline, un crâne rasé. Il écouta, sembla même renifler autour de lui, s'assura que personne n'approchait. Il sortit alors le cadavre de la voiture. En une minute, il déshabillait le mort, enfilait ses vêtements, abandonnait sur place son habit gris de prisonnier.

De toutes façons, la police ne ferait pas d'enquête. Rien de ce qui se passait en dehors de la ville ne comptait. On pouvait y voler, y tuer, en paix. C'était une manière efficace d'empêcher les citadins de se perdre dans la nature.

Vêtu de neuf, l'homme se remit en chemin. Heureux de sa chance, heureux d'être tombé sur un mort de sa taille, il chantonnait un refrain. Et à la fin de son refrain, en guise d'applaudissement, un coup de tonnerre secoua la nuit. Deux secondes plus tard, il pleuvait.

La chance l'accompagnait pourtant, car il buta sur une planche carrée. C'était quand même de quoi se couvrir. Il continua à siffloter, jouissant de l'incident: en ville, rien ne traînait; en ville, il ne pleuvait pas; en ville, aucun imprévu ne faisait sourire les gens.

Comme il marchait vite, il atteignit le pont d'entrée à temps pour voir le petit homme en noir passer sous un lampadaire. Ce qu'il trouva remarquable, c'était que le petit homme n'avait pas l'air mouillé.

Ils traversèrent le pont côte à côte, après avoir échangé un regard neutre.

Comme ils entraient en ville, une automobile accéléra et les éclaboussa.

— Merde! Il aurait pu nous éviter, le con! Il n'y a personne sur la route.

Le petit homme regarda son compagnon en colère, s'interrogea brièvement, puis fixa du regard la voiture qui roulait encore à toute allure.

Et la voiture s'immobilisa, figée.

Comme ils la dépassaient, ils entendirent les jurons du conducteur furieux qui essayait en vain de démarrer.

— Ils ne savent vraiment pas se servir de choses mécaniques, remarqua le petit homme.

— Pardon?

— Il aurait dû nous éviter, non?

— Ah oui! En effet.

— C'est cela.

Le grand jeune homme cligna des yeux, ébahi. C'était vraiment étrange: alors que son pantalon lui collait aux jambes comme un torchon mouillé, celui de son voisin était demeuré sec.

*　*　*

En ville, il faisait clair. Bien sûr, le jour s'était sans doute levé. Mais même la nuit, la clarté était contrôlée. On ne voyait jamais le ciel. Qui aurait voulu voir le ciel, cette chose imprévisible, toujours trop sombre ou trop brillante?

Le petit homme regardait les passants avec une curiosité évidente. Comme s'il n'en avait jamais vus. Il avait beau retenir ses émotions sous son masque placide, on voyait dans ses yeux l'émerveillement des paysans arrivés à la capitale.

Qu'ils sont étonnants, les gens! Ils marchent, ils marchent, vêtus de toutes sortes de façons, de toutes sortes de couleurs. Certains sont pressés. D'autres déambulent paisiblement. Tous semblent savoir où ils vont.

Le petit homme ne savait pas où aller. Il ignorait où menaient ces rues, ces corridors, ces ascenseurs, ces passages, ces couloirs. C'est pourquoi il ajustait son pas sur celui de son compagnon. Et ils avançaient en silence, sans se parler, unis par une étrange complicité.

Le jeune homme au crâne rasé observait les passants avec détachement. Il ne connaissait personne, et personne ne le connaissait. Et il ne voulait connaître personne. Qu'avait-il de commun avec ces inconnus aux visages graves qui allaient chez eux, à leur travail, à des centres de plaisir, à des boutiques où on ne vendait que ces choses dont il n'avait pas besoin ?

D'un commun accord, les nouveaux arrivés s'arrêtèrent devant un casse-croûte. Oui, il était grandement temps de manger. Ils avaient beaucoup marché, et ne prévoyaient pas faire halte de sitôt.

Le jeune homme entra le premier, d'un pas décidé, volontaire. Le petit homme le suivit, observant ses gestes, car il ne savait pas comment se débrouiller dans cet endroit. C'était une salle assez nue, propre, trop propre, qui donnait une impression bizarre de stérilisation. Des tables, des chaises, des gens sur ces chaises. A même les murs, des tas de boutons, de cadrans, de signes, de leviers, de petites portes coulissantes.

Comme s'il avait fait cela toute sa vie, le jeune homme s'empara d'un plateau, s'approcha d'une série de panneaux et commença à presser des boutons et à régler des manettes. Le petit homme l'imitait, assuré par la santé de son compagnon qu'il allait bien manger. Leurs plateaux pleins, ils s'installèrent à une table.

— Donc, c'est gratuit, ici, commenta le petit homme.

— Bien sûr. La nourriture est un de ces biens qu'on ne peut pas consommer excessivement.

— Je vois.

Le repas était bon. Une soupe succulente, du bifteck juteux, un vin agréable, un délicieux dessert, un café énergique. Que tout cela provînt d'un système automatique augurait bien quant au niveau technologique de cette ville.

Tout en savourant son repas, le petit homme ne manquait pas d'observer les autres clients. Le silence qui régnait dans l'endroit l'étonnait. Comment ne pas vouloir parler et réclamer de la musique en faisant une telle bombance? Mais non, chacun dévorait son assiette sans un mot. En y regardant de près, on notait qu'on mangeait sans plaisir, avec indifférence, comme on respire.

C'était vraiment étrange. Ceux qui buvaient leur café, leur thé, leur dernier verre, regardaient les autres comme on regarde des meubles familiers.

— Tous se regardent, remarqua le petit homme, mais personne ne regarde personne. Même pas ceux qui mangent ensemble.

Le jeune homme leva un sourcil, jeta un coup

d'oeil autour de lui, et continua à manger.

— C'est un monde d'absents, ajouta le petit homme.

— Oui. C'est comme ça, ici.

Ils se dévisagèrent, longuement, et se replongèrent dans leurs assiettes. Et le petit homme commença à s'apercevoir que la nourriture, après quelques bouchées, était fade.

* * *

Ils déambulaient dans les rues, avançaient le long de passages éclairés que le jeune homme au crâne rasé semblait reconnaître à mesure. Le petit homme, tout à coup, se mit à rire.

Il riait. Et il riait.

Intrigué par cette hilarité débordante, son compagnon regarda autour d'eux. Des édifices propres, aux lignes géométriques complexes et harmonieuses, trop harmonieuses, aux couleurs choisies pour le repos des yeux. Des bruits tranquilles, jamais saugrenus, jamais discordants. Des passants paisibles, moroses, visiblement ni heureux ni malheureux. Bref, tout ce qu'il n'aimait pas.

Et alors il se mit à rire, lui aussi. Et il se tordait, parvenant à peine à contenir les chevaux joyeux qui piaffaient dans son ventre.

Personne ne s'occupait des deux compères,

bien qu'ils détonnassent dans le climat mathématique qui les entourait.

— Comment t'appelles-tu?

Le petit homme demeura perplexe. Il n'avait pas pensé à cela.

— Je ne sais pas.

— Eh bien, décida l'autre, je t'appellerai Galuron.

Le petit homme réfléchit. Oui, pourquoi pas? Galuron. Galuron. Ce n'était pas mal.

— Et toi?

Le grand jeune homme se gratta la tête. Il avait l'embarras du choix, ayant porté bien des noms dans sa vie. Il sortit d'une poche intérieure les documents qu'il avait volés au conducteur mort dans l'accident d'automobile, mais le nom ne lui plaisait pas. Un certain désarroi s'installa dans ses yeux, lui donnant une expression qui se mariait mal à ses traits volontaires.

— J'en ai toujours eu trop. Chaque fois que je change de vie, je change de nom.

— Et que fais-tu, maintenant?

— Je m'en vais, je marche, je marche. Je cherche autre chose.

— Parfait, Marcheur. Je t'accompagne.

Marcheur se passa la langue contre l'intérieur des joues. Il n'avait certainement pas prévu de compagnie. Le petit homme, de toute évidence, ne faisait pas partie de la police. Mais qui était-il? Pourquoi ses vêtements ne se faisaient-ils pas mouiller par la pluie ni par l'éclaboussure d'une voiture? Comment expliquer l'incident bizarre de l'automobile qui s'était immobilisée comme elle venait de les arroser? D'où venait-il?

Galuron sourit, largement, comme s'il devinait les pensées de son compagnon.

— Il y a deux villes ici, n'est-ce pas? Nous sommes bien à Solériville?

— Oui, fit Marcheur, stupéfait. Qu'est-ce que ça pourrait être d'autre?

— Solériville. Soléri était un architecte, un urbaniste, il y a deux siècles, n'est-ce pas?

— C'est cela. Mais je parie qu'il ne s'y reconnaîtrait pas, dans cette ville. Ni dans l'autre, sans doute. On trahit toujours, acheva-t-il, avec une moue désabusée.

Ils arrivaient à une sorte de petite place à étages, d'où l'on pouvait passer à des plans supérieurs de la cité. Sur des bancs, çà et là, des gens causaient, regardaient autour d'eux, rêvassaient. Une place normale, mais dépourvue de toute effervescence.

Le petit homme s'arrêta et saisit le bras de Marcheur.

— Où vas-tu? Que cherches-tu?

— Je cherche quelque chose de différent. Oui. De différent.

Et il ajouta:

— Je vais à Solérigrad.

Il parlait sans enthousiasme, avec l'air de quelqu'un qui ne croit pas que l'une des villes vaille mieux que l'autre, mais qui veut bien essayer. Ainsi parlent les désespérés.

Le petit homme réfléchissait. Au bout d'une minute, Marcheur demanda:

— Et toi?

— Moi? Je veux voir comment c'est ici.

— Alors, on ne peut pas rester ensemble.

— Au contraire, au contraire. Avec toi, je sais déjà une chose: que tu cherches quelque chose d'autre. Et puis, pour aller à Solérigrad, il faut bien traverser Solériville, n'est-ce pas?

Ça avait l'air parfaitement raisonnable. Marcheur serra le bras du petit homme, et ils reprirent leur chemin.

*   *   *

Galuron devinait bien la configuration générale de Solériville: une immense masse de constructions et d'édifices savamment enchevêtrés et encaissés les uns contre les autres, un dédale de passages, d'ascenseurs, de rampes, de monorails s'en allant dans toutes les directions comme un éventail à plusieurs dimensions, une extravagance architecturale qui marquait et soulignait la victoire de l'homme sur la nature et peut-être, songeait le petit homme, peut-être sur la vie. La ville avait bien quelques kilomètres de hauteur. De l'extérieur, Galuron se souvenait, elle ressemblait à une boule qui aurait reçu quelques coups de marteau, lui faisant un trou ici et une bosse là-bas. Il avait entrevu quelques corridors qui rayonnaient de la cité, à ras du sol, et menaient sans doute à des centres de ressources ou de production lourde. L'un d'eux conduisait probablement à Solérigrad. Comme il était arrivé de nuit, il n'avait pas pu se faire une idée nette de la géographie de la ville.

— Peut-on facilement quitter la ville? demanda-t-il.

— Pour aller à Solérigrad? Oui.

— Mais ailleurs?

— Tant qu'on ne quitte pas les corridors, aucun problème. Les environs des corridors et des noyaux satellites sont surveillés par rayons. On ne peut pas quitter les endroits habités.

Le petit homme réfléchit. Il avait dû atterrir à l'intérieur des limites. En effet, il avait senti le choc d'un barrage magnétique, qui n'avait heureusement pas réussi à affecter son véhicule.

— Mais pour aller à la mer, à la montagne, au soleil?

Marcheur fronça les sourcils. Pourquoi voudrait-on aller à la mer, à la montagne, au soleil?

— Je crois, fit-il, qu'on peut quitter la ville,

s'éloigner un peu des régions habitées. Mais c'est très rare. Il faut des raisons extraordinaires. Et, bien sûr, un permis.

— Pourquoi est-ce aussi difficile? A-t-on peur que les gens s'échappent?

Marcheur pouffa de rire. S'échapper? Qui voudrait s'échapper?

— Non, non. C'est pour ne pas contaminer l'environnement.

Galuron hocha la tête, vaguement soucieux. Les dégâts du passé avaient donc été tels qu'il fallait maintenant recourir à une mesure aussi drastique?

Il observa les immeubles, les matériaux de construction, les tissus des vêtements, le type d'éclairage. Tout était fait pour durer. On économisait les ressources naturelles. L'énergie même, concentrée dans cette ville qui devait en faire une dépense fantastique, se gaspillait moins que lorsqu'on la dilapidait dans des milliers et des milliers de centres urbains et leurs voies de communications.

Comme tout était bâti pour durer, raisonna Galuron, les gens devaient sans doute fournir une quantité plutôt limitée de travail. Mais pourquoi ces visages n'étaient-ils pas plus heureux? Des femmes passaient, qui étaient belles, et personne ne les suivait des yeux. Des groupes d'enfants et de jeunes gens traversaient les jardins artificiels, si beaux, et aucun rire, aucun chant ne se dégageait d'eux. Que faisaient-ils dans leurs loisirs, dans leurs vies?

— Comment fait-on ici pour se passer du parfum des fleurs, du roulis de l'océan près de la plage, du vent qui frappe le visage dans les pentes enneigées?

— C'est bien facile, lui expliqua Marcheur, que les questions de son compagnon ne manquaient pas d'amuser. On va au théâtre. Tu peux avoir toutes les images, tous les sons, toutes les odeurs, tous les mouvements, à ton choix. Et en circuit fermé, ce qui permet de te procurer ce que tu veux tout en sauvegardant l'intégrité de la nature.

Galuron leva les bras.

— À quoi sert l'intégrité de la nature si l'homme n'en profite pas?

— C'est avec des questions comme ça, ricanna Marcheur, que tu finis par passer un stage dans un centre de réhabilitation.

— Je vois, je vois. Dis-moi: qui gouverne, ici?

Marcheur cligna des yeux. Vraiment, le petit homme posait d'étranges questions.

— Mais... le gouvernement...

— C'est qui?

— Ceux qui aiment gouverner. N'importe qui. Tu sais, depuis la Grande Solution, il ne s'agit que d'administrer des programmes, et de les améliorer. Gouverner, c'est un travail comme un autre.

Galuron ralentit le pas. Il comprenait la situation. Un gouvernement dépourvu de l'instinct du pouvoir, qui appliquait rigoureusement des politiques rationnelles, plein de bonne volonté, plein d'une détermination mathématique, guidé par de bons principes étouffants, comme ce souci constant de ne pas affecter défavorablement la nature.

— Y a-t-il des gens qui pensent qu'il faudrait ordonner la vie différemment?

Le grand jeune homme au crâne rasé présenta un sourire triste et narquois, gonflé de souvenirs et d'expérience.

— Oui, dit-il, oui.

Et il expliqua:

— Il y a, dans les prisons, des gens qui ne sont pas d'accord.

*　*　*

Cette question de théâtre intriguait Galuron. Avait-on vraiment créé des succédanés satisfaisants des impressions, des sensations, des émotions que provoque le contact de la nature? Les spectacles se présentaient-ils comme des films avec histoire et personnages ou comme des suites abstraites de sons, de rythmes, de couleurs?

Comme ils passaient près d'une boutique où l'on vendait un étrange bric-à-brac de menus produits divers, il dit à son compagnon qu'il avait besoin de quelque chose et entra. Le vendeur s'enquit de ce qu'il voulait. Le petit homme demanda un journal.

— Un journal? Vous vous moquez de moi?

— Pas le moins du monde. C'est pour les spectacles.

Le vendeur passa de l'ahurissement à la certitude que ce client était fou et répondit, fort aimablement:

— Si vous voulez un journal, je vous suggère de vous adresser à une bibliothèque ou à un magasin d'antiquités.

Marcheur, qui comprenait, entraîna son compagnon en dehors de la boutique.

— Il fallait me le demander, vieux. Il n'y a plus de journaux.

— Mais comment choisis-tu quel spectacle aller voir?

— Tu vas dans un théâtre, tu prends un kiosque et tu décides du programme de ton choix. Je t'emmènerai, tu verras.

— Ça me plairait bien, acquiesça Galuron. Mais s'il n'y a plus de journaux, comment font les gens pour savoir ce qui se passe?

Marcheur haussa le épaules:

— Depuis la Grande Solution, il ne se passe

plus rien.

Le petit homme se mit à songer. En effet, on pouvait facilement se passer de journaux dans une société aussi bien policée que semblait l'être Solériville. Mais quel rétrécissement de la vie, si on ne devait compter que sur ses propres expériences!

Et il remarqua alors la grande présence de la musique dans cette ville. Les moyens de locomotion, monorails, ascenseurs, cabines, se déplaçaient silencieusement. Les gens, on les entendait à peine. Partout, dans les rues, au restaurant, dans les places, une musique splendide se collait en sourdine à la pensée même. Une musique étrange, dépourvue de tout effet stimulant, excitant. Une musique sans vie, et pourtant essentielle, incolore, inodore, comme l'air et l'eau.

— En quelle année sommes-nous?

— En 38, je pense.

— 38 de quoi? Depuis quand?

— L'an 38 de la Grande Solution, pardi!

Vraiment, ce petit homme semblait venir d'un autre monde.

— Mais c'était quoi, cette Grande Solution?

— Oh, tu sais, je n'étais pas encore né.

— Mais tu dois savoir de quoi il s'agit. Ça fait plusieurs fois que tu en parles. Qu'est-ce qui est arrivé?

— Viens. Je dois te parler.

Ils s'installèrent dans une sorte de café-terrasse. Marcheur alla se servir à un comptoir automatique et revint avec deux verres.

— Je ne sais pas d'où tu viens, Galuron. Tu as l'air de ne rien connaître à rien, ici. Mais tu m'es sympathique. Jadis, tu le sais peut-être, Solériville et Solérigrad se ressemblaient. Elles avaient été construites en même temps, car on était nombreux pour une seule ville. Quand on a opté ici pour la Grande Solution, les mécontents sont allés à Solérigrad, alors que ceux de Solérigrad qui le voulaient s'en vinrent ici. Tu comprends?

— Oui, bien sûr. Mais c'était quoi, cette Grande Solution?

— L'abolition de la volonté individuelle.

Galuron but une gorgée du liquide blanchâtre au goût indéfinissable. Solériville s'expliquait.

Il se concentra. Son expression ne changeait pas, demeurait placide et bienveillante. Mais, dans ses yeux, une énergie intense exigeait une réponse.

— Passe-moi tes lunettes.

— Pardon?

— Prête-moi tes lunettes. Une seconde.

Le jeune homme se demandait bien ce qui arrivait à son bizarre compagnon.

— Écoute, Galuron, je n'ai jamais porté de

lunettes!

— En effet, approuva le petit homme, en effet. C'est extraordinaire.

— Extraordinaire? Pas du tout. Regarde: la majorité des gens n'en portent pas.

— Mais oui, c'est extraordinaire. Regarde.

Il se leva, suivi de Marcheur, et s'approcha d'une femme qui regardait les passants avec une mine horriblement indifférente, vidée de tout. «Pardon, madame» fit Galuron. Elle se retourna. «À quelle heure vous vois-je, ce soir?» «À huit heures, si vous voulez» répondit-elle. «Comme hier?» «Comme hier, c'est bien ça».

Après le bref échange, elle reprit sa pose comme si rien ne s'était produit. Intrigué, Marcheur suivit Galuron à une autre table, où deux hommes prenaient un pot en silence. Le petit homme s'adressa à l'un d'eux: «Excusez-moi, mais votre femme s'appelle Marga, n'est-ce pas?» «Ma femme? Je n'ai pas de femme» protesta l'inconnu. «Et Marga, alors?» «Ah, en effet! Oui, mais elle est restée à la maison». Le compagnon de l'homme paraissait stupéfait d'apprendre que son ami avait une femme. «Passez-moi le sel», lui demanda Galuron en indiquant du doigt un endroit sur la table. L'homme, les yeux fixes, fit comme s'il saisissait une salière et tendit le bras vers Galuron. Celui-ci remercia et alla se rasseoir avec Marcheur.

— Tu vois?

— Oui. Mais je ne comprends pas.

— Toi, je ne réussis pas à te faire croire des choses qui n'existent pas. Je vois pourquoi tu veux aller à Solérigrad.

Bouche bée, Marcheur n'en revenait pas. Comment ces habitants de Solériville, d'ordinaire pleins de logique et de raison, succombaient-ils aussi facilement à l'envoûtement?

— Tu es étonnant, fit-il.

— Non: c'est toi qui es étonnant. Tu sors de prison, n'est-ce pas?

Évidemment, Marcheur avait mentionné la prison, cet endroit où on place les gens qui ne sont pas d'accord. Mais il n'avait jamais insinué qu'il y avait été, dans cette prison située aux abords de la ville, là où il avait rencontré le petit homme. Lisait-il dans ses pensées? Certainement pas; sinon, il ne lui poserait pas de questions.

— Oui, j'ai été en prison. J'en sors, justement.

— Raconte-moi pourquoi. Ça m'intéresse.

Marcheur alla au comptoir et revint avec deux autres verres. Puis il raconta son histoire.

— Ici, à Solériville, on fait l'amour à dix-sept ans. Il est encore toléré de commencer à seize, ou d'attendre à dix-huit. Mais dix-sept est l'âge du programme. Moi, la fille qui me plaisait

191

n'avait pas quinze ans. Mais quelle fille! Un vrai bijou. Elle était d'accord, bien sûr. Au bout de six mois, elle était enceinte. Je dois dire qu'on n'avait pas pu s'arranger autrement, vu que les comprimés anti-conceptionnels sont administrés dans les centres, trois fois par an, et qu'on n'en trouve pas ailleurs. Bon. Elle a pu se faire avorter tout de suite. Mais ça m'a valu un an de prison.

— On n'y va pas de main morte, ici, commenta le petit homme.

— Que veux-tu? Tu aurais dû voir l'acte d'accusation: détourner une mineure du contrôle de l'État, atteindre gravement à son processus éducatif, troubler son évolution psychosomatique, empiéter indûment sur la compilation de son dossier, et tout le paquet. Et j'avais une histoire, moi, un passé encombrant! J'avais pris de la drogue sans permission, subtilisée à une clinique. J'avais abandonné mon emploi pour me promener plusieurs fois à l'extérieur de la ville. Mes études, ponctuées d'escapades. Oh, on a jugé que j'avais besoin de pas mal de mois de réhabilitation.

— Je suppose, remarqua Galuron, que les programmes que vous suivez sont rigoureusement objectifs, réfléchis, éprouvés.

— Tu parles! Des équipes d'hommes de sciences n'arrêtent pas de le mettre et de les remettre au point.

— Et cette affaire d'avortement, poursuivit Galuron, c'est aussi pour contrôler la population de la ville, n'est-ce pas? Le nombre d'habitants est fixe, sans doute. Un décès, une naissance.

Marcheur fit oui de la tête. On entretenait la population comme on entretenait les immeubles.

— La civilisation, l'humanité, parvenus à un niveau statique, murmura le petit homme. C'est bien cela. Et la volonté individuelle ne pourrait que provoquer du désordre. Comme solution, c'est vraiment une Grande Solution. Je me demande pourtant si le problème était là.

Il regarda son compagnon, perplexe. Marcheur haussa les épaules:

— La solution, pour moi, c'est d'aller voir comme ça se passe à Solérigrad.

— On le verra bien, acquiesça le petit homme, on le verra bien.

* * *

Galuron avait exprimé le désir de voir comment fonctionnait le système financier de la ville. Marcheur lui proposa d'arrêter à une banque, vu qu'on comprend mieux ce qu'on voit de ses yeux. Et puis, il n'avait pas d'argent en espèces, et il en faut toujours un peu, quand bien même le transport, la nourriture, les articles

193

essentiels de la vie sont gratuits.

— En général, on utilise nos cartes. Chacun a son compte, bien sûr. Je peux utiliser celui du gars qui est mort dans l'accident de voiture: c'est parfaitement légal. On ne fait appel aux espèces que pour des échanges privés. Ce qu'on appelait des biens de luxe, jadis.

Ils entrèrent dans une banque. Des clients déposaient des sommes d'argent dans des machines, qu'ils déclenchaient avec des cartes magnétiques, sans doute pour créditer à leur compte les sommes déposées. D'autres clients passaient à un comptoir où des employés leur donnaient de l'argent après avoir vérifié la validité de leurs cartes. Tout semblait bien normal.

Tout à coup, Marcheur le retint par le bras. Trois individus venaient de sortir des pistolets et braquaient les employés de la banque aussi bien que les clients.

— Tiens, murmura le petit homme. Vous connaissez encore la violence.

— Oui. C'est une sale engeance. Mais je les comprends.

— Dois-je les arrêter?

— Essaie, sourit Marcheur. Mais ça m'étonnerait. Ils sont prêts à mourir, ceux qui font cela.

Le petit homme fronça les sourcils, attendit un instant, et avança. Les bandits, surpris, dirigèrent leurs armes sur lui. Il les regarda, l'un après l'autre, avec un effort visible. Et le premier voleur recula, comme assommé. Et le second. Et le troisième. Et ils s'écroulèrent.

Les employés passèrent des menottes aux brigands évanouis. Quelqu'un appela la police. On entendait des commentaires: «C'est extraordinaire», «Incroyable», «Avez-vous vu? Rien qu'en les regardant». Le petit homme se retourna vers les spectateurs de l'incident:

— Vous êtes tous témoins: c'est mon ami, ici, qui a assommé les trois bandits. En effet, il faut du courage, et un sens aigu du devoir.

Les gens le regardaient, indécis. Galuron saisit Marcheur à l'épaule.

— Tout seul, il a terrassé ces brigands. Tout seul! Ah, je vous assure, heureusement qu'il y a encore des gens comme lui!

Plus tard, Galuron expliqua à son compagnon qu'il ne tenait pas à figurer dans le rapport de police. N'ayant pas de documents en règle, il devait éviter de s'engouffrer dans des méandres bureaucratiques.

Les témoins confirmèrent la version du petit homme. Mais il fallut passer au bureau de l'avocat de la banque, où Marcheur reçut une récompense appréciable. Ensuite, ils allèrent au poste de police payer un impôt sur cette récompense, de sorte qu'il ne leur restait plus grand chose. Sauf d'autres félicitations adressées à

Marcheur, identifié d'après ses empreintes digitales, et dont on disait, avec satisfaction, qu'il s'était bel et bien réhabilité.

— Mais ces trois gars, demanda Galuron, que leur arrive-t-il?

— On les gardera en prison un certain temps. Et s'ils ne se plient pas de bonne foi au système, on les supprimera.

Et il ajouta:

— Le plus drôle, c'est que ça ne donne pas grand-chose, voler une banque. Si on subtilise des cartes, on annule les comptes. Quant aux espèces, on a beau faire, on ne réussit pas à en dépenser tellement.

— Mais alors?

— Ce qu'ils voulaient, c'est contester le système. S'opposer. Mais, tu vois, c'est peine perdue. Tôt ou tard, on se fait prendre. La violence ne dure pas longtemps ici. C'est pourquoi je veux aller à Solérigrad. Ici, il n'y a rien à faire. On est dépassés.

Ils marchèrent encore un peu. Une question se baladait dans la tête du petit homme:

— Pourquoi ne t'a-t-on pas supprimé, en prison? En termes d'ici, tu ne me sembles pas assimilé, intégré, réhabilité, comme on dit.

Marcheur le regarda, les yeux rêveurs, et éclata de rire:

— J'ai mis les autorités de la prison devant

une impasse logique. Et j'ai gagné. Tu vois, j'avais des idées rebelles. J'affirmais, par mes actes, une volonté particulière. Un vrai crime, tu le sais bien. Je te l'ai dit, on élimine ceux qui ne s'adaptent pas, ceux qui n'acceptent pas la Grande Solution. Au bout d'un an de rééducation, on m'a interrogé. «Vous avez des idées singulières sur la vie, mon ami». «Oui», admis-je. «Accepteriez-vous de les changer, si elles devaient vous coûter la vie?» «Bien sûr», fis-je, «bien sûr». Hé! Je m'étais toujours adapté aux circonstances, moi. C'est par souci d'adaptation que j'avais décidé de profiter de l'existence avec cette fille de quinze ans. Parfait. Donc, on ne pouvait pas me supprimer, puisque j'acceptais de changer mes idées. Mais si j'acceptais de m'adapter encore une fois, c'était encore mes idées. Donc, elles étaient justes. Alors, je n'avais pas à les changer.

— Je vois. Ils sont rigides, et tu es flexible. Donc, tu gagnes à tout coup.

— Justement. Et j'étais dans un détecteur de mensonges. Impossible de tricher. Officiellement, j'ai une volonté particulière, je suis prêt à l'abandonner, et je la garde car elle me tient en vie. Je suis en dehors du système, mais on ne peut pas me supprimer car je suis prêt à m'adapter. Mais je n'ai pas à m'adapter, puisque ma volonté particulière dépasse les cadres du système. Je suis sûr qu'ils sont encore en train d'inspecter leur programme pour découvrir par quel biais je m'en suis tiré.

Amusés par ces raffinements intellectuels, les compères rirent un bout de temps en pensant aux cercles vicieux formés dans les circuits de l'ordinateur de la prison.

* * *

À Solériville, il faisait jour vingt-quatre heures sur vingt-quatre. La clarté, toujours la même. Les rues, les immeubles, les kiosques, toujours pleins d'une même densité d'hommes. Une utilisation perpétuelle des bureaux, des moyens de transport, des écoles, des endroits publics. Chacun travaillait ses quelques heures quotidiennes, dormait quand ça lui plaisait, se promenait, s'enfonçait dans des centres de loisirs, vivait son cycle de vie. La ville, énorme machine qui n'avait jamais besoin de repos, ne cessait d'être disponible à toutes sortes d'activités.

Et cette immense cité, qui abritait la moitié de l'humanité, présentait malgré tout une apparence endormie. Les désoeuvrés avaient une allure de rentiers. Nul visage affamé, nulle démarche nerveuse, nul regard désespéré, nulle attente passionnée.

— Tout le monde obtient ce qu'il veut, n'est-ce pas, ici? Avec le genre de gouvernement qu'il y a, on a dû enlever systématiquement toutes les raisons d'être malheureux.

— En effet, répondit Marcheur. Demande, et tu reçois. Sauf, bien sûr, quand tu veux des choses défendues par les programmes, comme voler une banque ou t'accoupler avec une mineure. Et même là, je suis persuadé qu'avec le temps on assouplira les programmes. L'idée centrale, c'est que personne ne doit se sentir frustré de vivre en société. Et si tu laisses tomber ta volonté, comme tout le monde, tu n'as à te plaindre de rien.

Ils se trouvaient près d'un balcon. Le petit homme, accoudé sur la balustrade, regardait la croisée de chemins en dessous de lui.

— Évidemment, commenta-t-il, ce n'est pas parce qu'on n'est pas malheureux qu'on est heureux.

Un sourire attristé se promena sur les lèvres de Marcheur.

— On s'y fait.

— Mais toi, fit Galuron, gravement, tu en meurs, de n'être pas heureux.

Le jeune homme haussa les épaules.

— Oh, je le serai peut-être à Solérigrad.

Le petit homme secoua la tête et ne dit rien. Si on était plus heureux à Solérigrad, songeait-il, il y aurait bien eu un exode en cette direction. À moins qu'on ait sapé le goût même du bonheur. Ce qui était possible. Il connaissait trop les gens pour croire qu'ils attachent un grand prix au bonheur.

— Tiens, regarde.

Il pointa du doigt un groupe d'une vingtaine de jeunes gens qui arrivait d'une des rues d'en bas. Il s'agissait, de toute évidence, d'une manifestation.

— J'aurais cru qu'il n'y avait pas de problèmes sociaux à Solériville.

— Pratiquement pas, affirma Marcheur, désabusé. Le genre de nourriture qu'on mange est conçu de façon à freiner le moindre instinct de violence. Mais que veux-tu? Les jeunes gens ont toujours un peu plus d'adrénaline que les autres. Tu as remarqué aussi, à la banque, que les voleurs étaient jeunes.

Les manifestants se trouvaient sous leurs yeux. Galuron pouvait lire leurs pancartes, toutes semblables, avec un slogan identique: «Non». Non à la Grande Solution, sans doute.

Détail étrange, la démonstration se déroulait dans un silence complet. Quelques passants jetaient un coup d'oeil indifférent sur le groupe et poursuivaient leur chemin.

La police avait été prévenue. On vit arriver deux voitures qui aussitôt bloquèrent les manifestants. Curieux, Galuron se demandait quand sortiraient les gendarmes.

Les policiers, deux par voiture, ne descendirent pas. Des haut-parleurs commencèrent à jeter une étrange musique, lancinante, atrocement pacifiante. Et à mesure que les sons jaillissaient, les manifestants abandonnaient leurs affiches et se dispersaient. Les plus coriaces se contentaient de secouer la tête avant de disparaître.

* * *

Comme Galuron lui demandait où il travaillait avant son séjour en prison, Marcheur esquissa un bref sourire:

— À la fin de mes études, on m'a dit que j'avais malheureusement trop d'imagination pour un emploi ordinaire. En d'autres mots, on n'avait pas en moi une confiance débordante.

— Et ils n'avaient pas tort, d'après ce que tu racontes.

— En effet. Mais il y a de la place pour presque tout le monde, ici, et on m'a déniché un emploi où je pouvais inventer sans pour autant me dérober à la vigilance qui m'entourait.

— Êtes-vous beaucoup à être sous surveillance après vos études?

— Non. Il n'y a pas de police secrète à Solériville, tu sais. Pratiquement pas de crime, pas de délinquence, pas de violence. Les seuls cas se produisent à un âge assez jeune, comme à la banque ou à cette manifestation, qui a à peine été remarquée. Les quelques personnes qui ne s'adaptent pas, comme je te l'ai dit, sont éliminées.

Marcheur soupira: combien de fois s'était-il rendu compte que les habitants de la ville tenaient mordicus au système qui les régissait inconditionnellement! Ils étaient façonnés pour cette existence dès leur naissance, et peut-être avant. Ceux qui comme lui présentaient des velléités de résistance n'apparaissaient que comme des mutants occasionnels.

Parfois, il s'était demandé pourquoi il avait mal tourné. Et il devait admettre qu'il avait « attrapé » la volonté comme une maladie, malheureusement inguérissable.

Il secoua ces pensées d'un geste brusque. Il s'interrogerait sur sa vie une fois rendu à Solérigrad.

— Mon travail, reprit-il, m'intéressait. On nous avait institués comme un modèle typique d'une division gouvernementale. Et tu sais ce qu'on faisait? On étudiait notre propre efficacité.

— Tu veux dire que vous vous étudiiez vous-mêmes?

— C'est cela. Et on analysait notre façon de nous observer, afin de créer des formes nouvelles d'administration. Mon travail consistait à mesurer mon travail.

— J'avoue qu'il y a là quelque chose qui plaît à l'esprit, mais c'est aussi du travail dans le vide, commenta le petit homme.

— Au moins, je ne pouvais pas faire de dégâts, et j'étais utile.

Il dit cela avec indifférence. Son emploi démontrait l'aptitude du système à tirer parti de toutes les ressources humaines disponibles.

Galuron l'écoutait avec une certaine admiration. Les gens semblaient incrustés dans la vie de la cité comme des pièces dans une machine extraordinaire. Et dépit des quelques accrochages, Solériville était de toute évidence conçu pour ses habitants, pour leur bien-être, pour leur besoins.

Marcheur s'arrêta devant un immeuble qui ressemblait à une clinique.

— Veux-tu voir comment on met de l'huile dans les rouages? Viens.

Ils entrèrent. Plusieurs personnes attendaient dans un salon extrêmement confortable, où on leur servait à boire et où on offrait aussi des amuse-gueule. Une préposée s'approcha d'eux et leur demanda de s'asseoir en attendant que deux cabines soient inoccupées.

Un client entra dans une cabine, inséra sa carte d'identité dans une console, et revêtit un casque léger connecté aux circuits électroniques de l'ordinateur du kiosque. Galuron se concentra, profondément, afin d'assister subrepticement à l'interview. Parfait. Il pouvait intercepter sans trop de peine la communication qui se déroulait entre le client et la machine.

C'était un cas simple. L'homme n'était pas satisfait de son emploi. En quelques minutes, il découvrait qu'il préférerait un travail manuel.

— Le casque accélère et clarifie le processus intellectuel, n'est-ce pas? demanda Galuron à voix basse.

— Parfois, cela suffit, répondit Marcheur.

Dans une cabine, un homme apprenait qu'il avait des difficultés à choisir un programme à son goût dans les théâtres parce qu'il était trop fatigué. Il sortit en se promettant d'aller faire une cure de musique dans un institut.

Une jeune femme prit sa place. Galuron comprit qu'elle avait envie de faire l'amour avec cinq hommes à la fois. Elle était venue au centre la semaine précédente, et on lui avait suggéré un spectacle multi-sensoriel. L'illusion ne l'avait pas comblée. Elle quitta la cabine et se dirigea vers la section des cas spéciaux, où elle présenterait sa requête et serait pleinement exaucée.

Un vieil homme, installé dans une autre cabine, se plaignait de se sentir seul. Après quelques minutes, il se rappelait qu'il pouvait se procurer une plaque thérapeutique qui, placée contre sa colonne vertébrale, lui relaxerait le système nerveux et lui permettrait de recommencer à savourer l'existence.

La préposée leur donna les numéros de deux cabines qui se vidaient. Le petit homme demanda une carte à son compagnon et s'installa devant une console, le casque sur le crâne.

Il se sentait l'esprit clair, dégagé. L'ordinateur analysait l'histoire de sa vie. Le petit homme sentait une tension dans les circuits. Bien sûr, il fallait penser à un problème. Pourquoi était-il là? Pourquoi n'était-il pas heureux?

Il décida de jouer le jeu. Il était venu, songea-t-il vigoureusement, parce qu'il trouvait que tout fonctionnait trop bien. Le bonheur qu'on lui offrait était fade. Il ne parvenait pas à se contenter de solutions et de plaisirs qui ne découlaient pas d'un acte de liberté.

Après un vide imperceptible, il pensa, sous l'effet de la machine sans doute, qu'il n'y a pas de bonheur là où il y a de la volonté. La volonté, ça vous met toujours des bâtons dans les roues. Il faut cesser de songer à la liberté et s'abandonner pleinement aux courants de la vie traduits par les programmes établis.

Le petit homme sourit. Non, il tenait à un bonheur selon ses termes à lui.

De nouveau cette tension dans le casque. Eh bien, se prit-il à penser, ce bonheur, il l'avait. Car il était profondément en paix avec lui-même, donc en équilibre parfait avec le programme.

Il attendit. Tout était calme, parfaitement calme. Une grande volupté l'envahit, sereine et lisse. Il sortit.

— Eh bien? demanda-t-il à Marcheur, une fois qu'ils fussent dehors.

— J'ai pensé qu'il était temps qu'on aille dormir. On a beaucoup marché. On pourra sans doute loger dans une sorte de monastère qu'il y a en ville. Oui, un anachronisme. Mais je suis sûr que ça nous conviendra mieux qu'une auberge régulière.

Ils firent quelques pas. Marcheur s'orienta et s'engagea dans un passage latéral.

— Et toi, qu'en dis-tu, du centre?

— C'est une excellente aspirine, commenta le petit homme. Oui, ça clarifie les idées. Épatant.

Mais il pensait aussi que cette immense facilité était profondément insatisfaisante.

— C'est une bonne façon de se droguer, remarqua-t-il. Mais vivre de cette façon? Pouah!

— Vivement Solérigrad! approuva le grand jeune homme. Donc, tu m'accompagnes?

— Peut-être, peut-être. Mais allons donc à ton monastère.

Comme personne ne répondait à leurs coups sur la porte, ils la poussèrent et entrèrent tranquillement. Une antichambre. Un couloir à gauche, orné de niches de saints. Des crucifix, ici et là. Aux endroits de choix, on voyait un anneau entouré de rayons. L'anneau glorieux, l'anneau radieux, l'anneau sacré.

— C'est le Saint-Prépuce, murmura Marcheur.

Au bout du couloir, un moine en robe brune les regardait approcher. Des pélerins, peut-être? Des pécheurs prêts à se repentir? Des âmes à convertir? Des inspecteurs de police?

— La paix soit avec vous, frères.

— Et que le Saint-Prépuce nous couronne, répondit Marcheur, qui connaissait les formules d'usage.

Le bon moine soupira: on était entre amis.

— Nous sollicitons la charité d'une chambre pour dormir, avec deux lits et une douche si possible, demanda Marcheur.

— J'en parlerai au Pape, fit le moine. En attendant, vous pouvez toujours vous restaurer au réfectoire.

Il les accompagna jusqu'à la porte d'une petite salle où trois moines, attablés autour d'un modeste festin, les dévisagèrent attentivement.

— La paix soit avec vous, frères, murmura le petit homme, qui apprenait vite ses leçons.

— Et que le Saint-Prépuce nous couronne, répondirent les moines.

Les nouveaux venus s'installèrent. Les moines poursuivaient leur conversation :

— Adam, Noë, Moïse, David, Salomon, Jean-Baptiste et le Christ. Ça fait sept. Par le mystère de la symétrie, il faut que le Messie revienne six fois avant la fin du monde.

— Cela, en admettant que le Messie ait été Jean-Baptiste et le Christ en même temps, ce qui est une hérésie.

— Pas le moins du monde. C'est dû au mystère du dédoublement.

— Il est pourtant écrit : « L'aigle du Seigneur a tourné six fois autour de la montagne ». C'est la base de notre croyance. Six fois, et non sept.

— C'était peut-être pour éviter un pléonasme, suggéra Marcheur.

Les moines s'interrogèrent.

— Je crois qu'il faudra demander son avis au Pape.

— Mais combien de fois est-il revenu, le Messie ? s'enquit le petit homme.

Les moines l'observèrent avec un air désapprobateur. Mais, après tout, n'était-il pas normal d'ignorer les principes mêmes de la religion, dans ces temps impies ? Peut-être convertirait-on cet inconnu, moyennant un brin de patience.

— Quatre fois, fit l'un.

— Non, trois, protesta son voisin.

— Cinq. Cinq! C'est pourquoi la fin du monde est proche.

Galuron, indécis, fit le tour de la table. Les moines, embarrassés d'être surpris en désaccord, se consultèrent.

— On ne le sait pas au juste, avouèrent-ils.

— Il ne s'est pas révélé.

— On ne l'a reconnu que par la foi.

— Autrement dit, intervint Marcheur, il était chaque fois tellement écoeuré de ce qu'il trouvait qu'il ne voulait pas se manifester officiellement.

— Mais il ne faut pas oublier, souligna un moine, que si une médaille a deux faces, un tableau n'en a qu'une.

Galuron se tirait la moustache et Marcheur se grattait le crâne quand le Pape entra, assis sur une chaise roulante, poussé par deux moines. Les autres moines se prosternèrent. Par politesse, les deux visiteurs inclinèrent la tête.

Le Pape se leva sans peine: sans doute ne se promenait-il en chaise roulante que pour préserver sa majesté. Il s'installa à l'extrémité de la table.

— Mes enfants, accueillons parmi nous les deux âmes qui ce soir ont cogné à notre huis.

209

Sa voix grave contrastait avec le ton nasillard des autres moines. L'avait-on élu pape en raison de ses cordes vocales? Marcheur et Galuron le remercièrent de sa générosité.

— Mes enfants, leur répondit le Pape, ne me remerciez pas. Rendez plutôt grâce au Saint-Prépuce, que j'ai consulté et qui m'a dit de vous accorder l'hospitalité.

— Merci, Saint-Prépuce, murmura pompeusement Marcheur.

— Merci, Saint-Prépuce, répéta le petit homme, aussi cérémonieusement.

Le Pape s'adressait maintenant aux moines attablés, auxquels s'étaient joints quelques autres coreligionnaires.

— Mes enfants, mes enfants, je vous parlerai de notre monastère. Car pensez aux gens qui nous entourent, aux gens qui n'ont pas été bénis par la lumière du Saint-Prépuce.

Il toussa élégamment et poursuivit:

— Les gens possèdent des terres, des femmes, des bougies, des maisons, des locomotives; et qu'est-ce que ça leur donne, sinon l'enfer? Car les biens périssables sont le feu de l'enfer. Ne possédons rien, mes enfants, et contemplons le Saint-Prépuce jusqu'à obtenir la grâce de pénétrer à travers lui au paradis, puisqu'il est dit que l'arbre du désert ne connaît pas la mer.

Un moine écarta les rideaux qui couvraient un

mur de la salle. On vit alors un immense prépuce couleur chair scintiller parmi les étoiles et
des signes anciens au sens déjà perdu.

Deux Prépucins frappaient des mains, rythmi-
quement. Galuron profita du bruit pour demander à son ami si les gens possédaient encore des
femmes et des locomotives.

— Bien sûr que non. Mais le Pape n'est pas
sorti en ville depuis des lustres. Ils vivent de
symboles. C'est une façon de se dérober à une
autre folie.

Le Pape regagna sa chaise.

— Mes enfants, fit-il, le jour viendra où les
murs seront des nuages et où les mains seront
des anges. Dieu retrouvera son Prépuce et l'Unité
redeviendra Une et Unique. Méditons, méditons,
car nous ne serons sauvés que par la Révélation
infinie.

— Père, demanda un moine, timidement,
Père, le Messie reviendra-t-il cinq fois ou six fois
avant ce jour ?

Le Pape fronça les sourcils. Pensif, il observa
comment un moine recouvrait de rideaux la
toile sur le mur.

— Mes enfants, je prierai, et quand le Saint-
Prépuce m'illuminera, je rédigerai la réponse à
cette question et je ferai circuler une encyclique
dans le monastère.

Puis il disparut dans un corridor, poussé par les deux religieux.

* * *

Plus tard, dans leur chambre, Galuron demandait à son compagnon de lui expliquer l'existence du monastère.

— Ils sont inoffensifs. On a jugé que ça ne valait pas la peine de les rééduquer ou de les supprimer. Hé! Ils ne sont plus que neuf.

— C'était pourtant une grande religion, jadis.

— Je crois, oui. Aujourd'hui, ils ne sont plus qu'une enclave de confusion dans les derniers stages de l'application de la Grande Solution.

Galuron commençait à se dévêtir. Marcheur remarqua qu'il posait sur la table de chevet une petite boule où on distinguait quelques boutons. Il lui demanda de quoi il s'agissait.

— Tu ne crois pas que je suis venu à pied à Solériville, non?

— Bien sûr que non. Je ne sais pas non plus d'où tu viens.

— Ce n'est pas important. De toutes façons, ce serait idiot de s'en servir pour aller à Solérigrad. Je tiens beaucoup à faire le voyage à pied.

— Tu as raison. Tu pourras mieux comparer les villes.

Après une douche bien rafraîchissante, les

deux compères se couchèrent. Le petit homme s'endormit aussitôt. Marcheur mit des lunettes noires pour se dérober à la clarté, écouta la respiration régulière de son voisin, et s'endormit également.

* * *

Un excellent déjeuner, et Galuron et Marcheur quittaient le monastère des Prépuciens, prêts à une autre étape. Partout, dans les rues, dans les immeubles, la même clarté inaltérable. En regardant le visage des gens, Galuron se disait qu'il les avait déjà vus, tellement ils se ressemblaient.

La ressemblance n'était pas dans les traits ni dans les vêtements. En fait, à ce titre, chacun se distinguait des autres. On observait des variations considérables dans les coupes des habits, les teintes de la peau, les coiffures, la quantité de vêtements. Des jeunes gens à demi nus côtoyaient des adultes attifés de modes disparates, des adolescents aux amples robes transparentes accompagnaient des jeunes filles aux corps ceints de pantalons et de chemises collantes.

C'était par leur expression commune que les gens se ressemblaient tous. Que certains aient des traits négroïdes, caucasiens, mongoliens, ou l'épiderme artificiellement teinté de vert, d'azur, de blanc, ils affichaient tous cette même expression indifférente, neutre, pacifique, résignée, de vaches contentes.

Le jeune homme au crâne rasé, qui pensait encore à leur nuit chez les Prépuciens, commenta:

— Dire qu'ils sont encore en train de raffiner leurs croyances! Ils ne sont plus que neuf, et ils sont quand même convaincus d'être les dépositaires de la vérité!

— Et nous ne sommes que deux, remarqua le petit homme. Bah! Heureusement qu'ils sont de braves types, après tout. On a bien dormi.

— Aucun doute là-dessus, approuva Marcheur. Mais leurs croyances! Leur Saint-Prépuce! En plein coeur de Solériville!

Son ébahissement laissait percer une bonne mesure de sympathie à l'égard des Prépucins. Leurs extravagances lui plaisaient, tellement elles contrastaient avec la froideur des programmes qui établissaient la Grande Solution. Mais, bien sûr, les moines ne fournissaient pas d'alternative valable, ni de réponse aux problèmes de l'existence. Il était bien normal qu'ils disparaissent.

— Sont-ils les seuls à croire en Dieu? s'enquit le petit homme.

— Oui. Et ils ne sont pas autorisés à faire du prosélytisme.

— Donc, quand ils seront morts, Dieu sera devenu une notion oubliée.

— C'est cela. Et ça va de soi, puisque le seul dieu concevable, un dieu juste, tout-puissant, omniscient, eh bien, c'est le gouvernement.

Au bout de quelques pas, il ajouta:

— Et ce n'est pas gai.

Le petit homme dévisageait les passants tout en écoutant son compagnon. Cette première journée en ville lui avait appris bien des choses. Il saisit le jeune homme par le bras.

— Mon cher ami, j'ai l'impression que vous avez tous perdu l'énergie de vivre.

Marcheur hocha la tête en signe d'approbation. C'est bien à cause de cela qu'il tenait absolument à se rendre à Solérigrad, où, disait-on, l'individu comptait toujours.

— Tu as raison, vieux. Mais ce n'est pas la faute des gens. Quand tu vis ici, tu te sens absolument écrasé. Sans que ça te pèse, pourtant. Tout t'est donné. Si tu as un problème, tu vas dans un centre, comme on a fait hier soir. Et c'est une machine qui pense pour toi, au fond. Oui, tu es sans défense, dans cette ville-ci. On est tout nus.

— En effet, admit le petit homme, en effet. Et cette Grande Solution ne solutionnera rien. Car vous êtes en train de mourir. Vous ne voyez plus le soleil.

Assombris, les deux compagnons marchèrent en silence et traversèrent ainsi le coeur de Solériville.

* * *

— Tiens, fit Marcheur en s'arrêtant devant une masse de plastique qu'on avait peine à prendre pour un édifice, voilà une salle de spectacle.

— C'est une chose qui m'intéresserait.

Le grand jeune homme fit une moue plutôt décourageante.

— Oh, tu sais, c'est un genre passablement démodé. Regarde l'édifice: il prend bien trop de place. Je suis sûr qu'ils ne le conservent que pour une période de transition.

En effet, l'immeuble, d'une grande beauté, aux lignes scintillantes, détonnait dans l'ensemble d'édifices aussi complètement encastrés les uns dans les autres. L'architecte avait pensé davantage aux salles de théâtre du temps jadis qu'à l'unité structurelle de Solériville.

Visiblement, le petit homme tenait à y passer quelque temps. Marcheur le guida jusqu'à l'entrée puis à travers les corridors qui menaient à la grande salle. Il parlait à voix basse, pour ne pas incommoder les quelques spectateurs.

— Jadis, on croyait qu'il fallait mobiliser et

216

réunir les masses pour les contrôler. C'était une idée superflue, inutile. Il est tellement plus facile de les contrôler individuellement...

— Par la musique? demanda Galuron, qui pensait encore à la façon dont on avait dissout la manifestation.

Un pâle sourire s'installa dans le regard de Marcheur. La musique? Bien sûr. Mais il y avait un moyen encore plus efficace:

— Par la maigreur de leurs désirs.

Il soupira. Son compagnon, en cherchant à découvrir ce qu'était Solériville, le forçait à revoir tout ce qu'il n'aimait pas dans cette ville. Oh, il fallait absolument que Solérigrad soit différent!

Confortablement carrés dans leurs fauteuils, ils regardèrent le spectacle. Marcheur, pour qui cela n'était pas neuf, éprouvait une sorte de malaise. L'absence de l'homme lui pesait. Galuron, par contre, s'émerveillait d'une technique aussi prodigieuse.

Il s'agissait d'une multitude d'écrans où l'on projetait des paysages. La mer, houleuse, violente. Des forêts pétrifiées, immobiles, atrocement immobiles. Des plages voluptueuses, caressantes. La jungle, lourde, humide, source écrasante de vie. Une baie tranquille, bleue, aux bons parfums du large. La montagne qu'embrasse le vent sauvage des hauteurs. Des planètes étranges aux collines rouges, aux pierres vertes et grises, au sol craquelé d'où jaillissaient des vapeurs multicolores.

Que la terre est donc belle, disaient ces images! Que l'univers entier est digne d'être passionnément désiré! Que la vie est riche, forte, vigoureuse, qu'il s'agisse de déserts, de palmeraies enivrées, de plaines antarctiques, de bancs de corail, de faune sous-marine, de falaises ensoleillées!

Le spectacle était tellement bien fait qu'on sentait que rien de réel ne pouvait lui être comparé.

— J'ai compris, fit soudainement le petit homme. Sortons.

Dehors, il marchait avec un empressement que son compagnon ne lui connaissait pas.

— Évidemment, une fois qu'on a réussi cela... Ça n'a pas dû être difficile, de convaincre les gens d'habiter en ville, de ne plus jamais sortir. Ces images, ces couleurs, ces sons, ces odeurs... On pouvait quasiment toucher le paysage.

Il se rasséréna. Il fallait bien du calme et de la maîtrise de soi pour ne pas faire comme les autres et démissionner, oublier que jadis on avait joui d'une volonté, d'une liberté à soi. Et Galuron admira son ami, qui avait survécu à cela.

— As-tu remarqué aussi? Aucune présence humaine, commenta Marcheur. En même temps, on montre que l'on fait mieux que la nature, et qu'elle nous est étrangère.

— Oui. Il faut dire que Solériville est fort bien conçu. De l'ordre, de l'harmonie, pas de pollution, pleine sécurité, facilité de vivre, loisirs, limpidité des relations humaines, anonymat du gouvernement, absence des signes du pouvoir, raison, bref, les meilleurs souhaits du passé ont été réalisés.

Mais le petit homme secoua la tête, insatisfait.

Ils croisèrent alors un groupe d'enfants et d'adolescents. Ils semblaient tous attristés, moroses, silencieux.

— Ils sortent de l'école, n'est-ce-pas?

— Oui.

Sans avoir le courage de parler davantage, les deux compagnons avancèrent dans un nouveau paysage.

* * *

Affamés, Marcheur et Galuron entrèrent dans un autre restaurant anonyme, automatique, antiseptique. Le petit homme s'étonnait toujours de la fadeur profonde de la nourriture, ainsi que de sa gratuité.

— C'est une vieille histoire, cela. Déjà avant l'année où on a accepté par référendum la Grande Solution, le gouvernement avait commencé à contrôler, à restreindre la consommation de nourriture. Au début, on s'est attaqué à l'alcool, au tabac, à la morphine, à l'opium, au cannabis, au café. Ensuite, on a précisé l'effet des viandes sur les maladies cardiaques et artériovasculaires, des pâtes sur l'obésité, des stimulants d'adrénaline, bref, on a vu que la plupart des nourritures étaient néfastes. On a d'abord rationné, puis on a interdit. Ce que tu manges maintenant répond parfaitement à tes besoins. Regarde-nous: nous sommes tous en excellente santé. Et on ne sent jamais le besoin de manger plus que ce qu'il faut pour continuer à exister.

Marcheur sourit, et son sourire était presque tragique. La santé, c'était donc cette absence de nervosité, de désir, de soif? L'homme végétal.

— Pendant deux générations, presque tout a été rationné. Des agences gouvernementales délivraient des bons, des prescriptions pour la nourriture, les vêtements, les disques, les livres, l'utilisation des moyens de transport, pour tout.

— Et c'était accepté?

— Bien sûr! C'était le prix d'une société meilleure, avec un aménagement rationnel des ressources. L'argent ne circulait presque plus. On vivait en pleine égalité économique, sociale, politique et psychologique. Tu parles si ça marchait! En deux générations, alors qu'on éliminait les quelques réfractaires, on s'est habitués à vivre comme tu vois qu'on vit. Maintenant, on vit gratuitement. Et on reçoit un peu d'argent, par le truchement des cartes de crédit, pour adapter notre consommation au peu d'individualité qui nous reste.

— La société idéale, en effet, murmura Galuron, ironique.

Marcheur cessa de manger et se tourna vers son étrange compagnon, qui semblait venir d'un autre monde.

— Pourquoi? demanda-t-il. Pourquoi? Le sais-tu, toi qui vois les choses d'en dehors?

Le petit homme en connaissait déjà assez pour répondre.

— Parce que ce ne sont pas les gens qui ont décidé de vivre bien. Ce ne sont pas les gens qui ont décidé de vivre en paix, d'être ouverts, bénévoles, de respecter l'ordre des choses, l'existence de la nature, les besoins de leur organisme. C'est leur gouvernement qui a décidé cela pour eux.

Et il souligna ses propos d'un geste impuissant de la main.

* * *

Comme ils digéraient et se reposaient en regardant les gens passer, Galuron et Marcheur parlèrent d'amour. Et le grand jeune homme se laissa aller à quelques confidences.

— On ne lit presque plus des livres anciens. Les romans n'intéressent plus, et les essais sont bien démodés. J'en ai lus, pourtant, jadis, quand ils étaient encore accessibles. Je voulais voir comment on vivait. Et je découvrais ce qu'avait représenté l'amour. On est loin de cela, je te le garantis!

Galuron suivait des yeux quelques jeunes gens. Ils ne manquaient certes pas de beauté, ces garçons et ces filles aux vêtements courts, élégants, chaleureux, aux corps bien en forme, aux teints colorés comme si des nuages délicats les avaient embrassés. Naguère on rêvait d'une jeunesse de ce style. Mais pourquoi cette absence déchirante de sensualité? À quoi leur servait leur beauté, s'ils n'irradiaient pas la moindre impression de jouissance?

Son compagnon disait qu'on était loin de la conception ancienne de l'amour. Heureusement, songea le petit homme. L'amour avait été enveloppé de tant de détresse, de tant de stupides complications, de tant d'histoires à dormir debout, l'amour avait été tellement raréfié, limité, conditionné, l'amour avait été rendu tellement artificiel qu'il empoisonnait l'existence de chacun. Qu'avait-on donc fait de l'amour à Solériville, là où l'air était pur, là où l'eau était propre?

— Je ne me souviens pas d'être passé par une crise de puberté, racontait Marcheur. Je n'ai jamais connu d'anxiété, de malaise, de crainte, concernant l'amour. Ce sont là des approches périmées. À Solériville, l'amour ne dérange la vie de personne.

Un cynisme amer colorait ses paroles. Il poursuivit:

— Moi, je te le dis, j'étais un déviant. Jeune, j'ai été porté tout naturellement aux lectures excitantes, aux photographies scabreuses, aux expériences érotiques. Enfant, malgré la nourriture insipide et décourageante qu'on nous servait déjà, je me masturbais régulièrement. J'étais un voyeur invétéré. Et j'étais porté vers le sexe, avec les filles comme avec les garçons.

Il s'étira voluptueusement, plein d'agréables souvenirs. Avait-il abusé, au collège, de la faible volonté de ses compagnes et de ses compagnons!

— Mais ne te fies pas à mon expérience. N'oublie pas que j'ai fait de la prison à cause de cela.

Le petit homme jeta un regard profond sur les jeunes gens qui s'éloignaient. Que la vie continuait donc à être triste!

— Une chose qui m'étonnait, en lisant ces

223

vieux romans, c'était l'importance que l'on attachait à l'amour. Je trouvais les attitudes des personnages plutôt bêtas. Comme ils y allaient par quatre chemins pour être heureux! Mais ils en avaient envie, au moins. Ici, les gens ne sont pas portés naturellement à faire l'amour.

Galuron leva le sourcil en remarquant comment son ami passait de «l'amour» à «faire l'amour». Oui, c'est ainsi que cela devait être, et que cela n'était toujours pas.

— Les gens ne pensent pas à l'amour. Tu as remarqué l'arrière-goût de la nourriture: elle est préparée pour neutraliser l'organisme, pour ne jamais le troubler, pour le conserver dans un état de paix, d'assouvissement, de contentement. Et cette musique, qui assoupit l'âme, partout, continuellement. On ne pense pas à faire l'amour. On n'y pense pas. Les gens se retiennent. Non, même pas ça. Du moment qu'ils sentent un rien de désir, ils mangent, ils boivent, ils vont aux centres se faire examiner. On ne pense pas à la possibilité des contacts humains. Oh, à la rigueur, de temps en temps, on s'accouple. Mais c'est rare, et tellement vide!

— Est-ce que cela a été voulu quand on a voté pour la Grande Solution?

— Pleinement. On n'était pas plus heureux avant, tu le sais bien. Maintenant, au moins, on n'est plus malheureux. Le programme expérimente un peu l'accouplement systématique, à des fins purement hygiéniques. Ça marche. Et ça marche d'autant mieux que les gens n'y sont pas portés naturellement.

— J'ai bien envie d'essayer cela, indiqua Galuron. Oui, j'ai envie de faire l'amour. Comment s'y prend-on, ici? Est-ce qu'on trouve une fille dans un parc et on le lui propose?

Marcheur éclata de rire.

— Essaie.

Le petit homme regarda autour de lui. Une jeune fille avançait dans une allée. Très belle, de grands yeux clairs, les cils, les sourcils et la chevelure rouge orange, le ventre nu du haut du pubis au bas de la gorge. Son costume, comme un treillis de racines, lui agrippait les seins, lui ceignait les cuisses, lui serrait les fesses d'une écorce veloutée. Qu'elle doit être bonne pour l'amour, songea Galuron.

Il l'aborda. Comme il s'agissait avant tout de voir comme réagissaient les gens de Solériville, il opta pour la franchise. Il lui dit qu'il la trouvait extrêmement désirable et qu'il serait un homme heureux s'il avait la joie de coucher avec elle. La jeune fille répondait à ses propos avec une politesse non dénuée d'intérêt. Le petit homme l'étonnait visiblement, et la façon dont il l'abordait, et ce qu'il lui proposait.

Quand il lui demanda carrément de l'accompagner chez elle ou dans une auberge, elle refusa sans ambages, en lui disant avec beaucoup de simplicité que faire l'amour ne l'intéressait guère.

Galuron la regarda dans les yeux et le lui demanda de nouveau.

— Oui, accepta-t-elle.

Mais à quoi rimeraient les caresses d'une fille subjuguée? Quel plaisir aurait-il à la toucher? Galuron lui sourit, la délivra de son hypnose passagère, et la salua.

Il se dit qu'il n'était peut-être pas du goût des gamines de l'endroit. Pas loin, deux jeunes femmes bavardaient sur un banc. Moins impressionnantes que celle qu'il venait de laisser, elles étaient toutefois fort belles. L'une avait un teint lilas pâle, l'autre beige crème. La première était vêtue d'une longue robe qui lui moulait le corps, fort élancé d'ailleurs; la seconde, le buste nu, portait avec grande allure des vêtements d'un tissu synthétique, métallisé et pourtant souple, chatoyant.

Le petit homme, jugeant que Marcheur leur plairait sans doute, leur expliqua que son compagnon et lui-même trouvaient qu'il serait fort agréable de jouir de la compagnie d'aussi belles femmes et leur proposa d'aller faire l'amour puis de continuer la soirée en dansant et en riant.

Les jeunes femmes le regardèrent avec surprise et lui expliquèrent qu'elles n'avaient nullement envie de faire l'amour.

Galuron insista. Il tenait à tirer cette affaire au clair. Il leur demanda si Marcheur et lui-même leur plaisaient ou leur déplaisaient. Elles ne comprenaient pas. Comment peut-on plaire ou déplaire? Il leur demanda alors si elles ressentaient parfois le besoin ou le désir de faire l'amour. Celle au teint lilas secoua la tête; sa compagne avoua que deux mois auparavant elle avait été dans un centre ludique.

Le petit homme revint vers son ami, qui le dévisageait avec amusement.

— Eh bien, le Don Juan d'un autre monde, comment trouves-tu les femmes de la terre?

— Déprimantes. Dis, comment fonctionnent les centres ludiques?

— C'est des endroits pour faire l'amour. On y va généralement quand la musique, les spectacles et la nourriture ne suffisent pas.

— Dans cet ordre?

— À peu près. Que veux-tu? Faire l'amour implique quand même un effort physique. Si on peut obtenir le plaisir sans peine... Et puis, tu sais, on ne fait pas l'amour pour être près de quelqu'un, ici.

— Je vois, je vois.

— Dans les centres, tu fais l'amour avec des

gens comme toi, qui ont envie du contact physique, ou avec des gens qui y travaillent, car c'est aussi un emploi comme un autre. Mais allons-y donc, et tu verras.

— Maintenant?

— Oui. Il n'y a jamais beaucoup de monde. Comme je te le disais, dans notre échelle d'intérêts, l'amour est plutôt bas.

Ils prirent un ascenseur, débarquèrent sur une esplanade, longèrent quelques corridors, traversèrent une place publique et se trouvèrent devant un immeuble qui ressemblait encore à une banque.

Marcheur avança vers une préposée et lui présenta sa carte. Elle la plaça dans une machine, qui se mit en marche et lui remplit automatiquement une fiche d'ordinateur. Comme elle lui remettait sa carte, le petit homme la prit et la présenta à un autre préposé. Même jeu.

Les deux amis se dirigèrent ensuite vers un terminal où ils devaient choisir leur programme. «Ici, on n'improvise jamais» indiqua Marcheur. Il s'agissait de décider d'avance les gestes, la manière, l'ordre des caresses. Tout semblait permis. Ensuite, le programme était codifié et on dirigeait les clients dans les chambres.

Une jeune fille entra, belle et nue. Galuron se déshabilla. Il essaya d'entamer la conversation, mais ce n'était pas facile, sa compagne semblant décidée à parler le moins possible. Ils firent l'amour pratiquement comme s'ils jouaient une scène de théâtre, suivant aussi fidèlement que possible le programme choisi.

C'était bon. Pourtant, le petit homme avait l'impression d'être devenu une machine.

L'absence de joie était oppressante.

Quand il eut fini, après quelques ablutions, il alla rejoindre son camarade au vestibule, qui lui aussi avait quitté sa compagne.

— Tu veux que je te dise?

— Oui? demanda Marcheur.

— Si on fait l'amour comme ça, ce n'est pas étonnant qu'on en ait perdu le goût.

*   *   *

La journée avait été longue, et les deux compères décidèrent de coucher dans une auberge. Le chasseur les conduisit à une chambre double qui ressemblait à un laboratoire dans lequel on aurait placé deux lits. Marcheur sourit en voyant son compagnon s'émerveiller de tant d'appareils, de circuits, de boutons, de cadrans.

— Ne t'en fais pas, le rassura-t-il, ça fonctionne pratiquement tout seul.

Le jeune homme indiqua à Galuron où placer ses vêtements pour la nuit, afin de les retrouver propres et frais. Le petit homme souhaitait prendre une douche.

— C'est démodé, cela, fit Marcheur en riant. C'est bon pour les Prépucins, mais pas pour des gens sophistiqués. Viens, on va prendre un bain d'air.

Nus, ils entrèrent dans une sorte de placard qui rappelait un bain sauna, bien qu'il n'y fît pas chaud. Suivant son compagnon, Galuron s'assit confortablement dans un fauteuil d'un matériel tellement souple et léger qu'on croyait y flotter. Bientôt il commençait à éprouver des sensations étranges, rafraîchissantes, comme si des ondes l'enveloppaient et dansaient sur sa peau. Cela prit brièvement la forme d'un désir sexuel, pour devenir ensuite une impression de volupté absolument passive. Tout redevint enfin normal, et ils retournèrent dans la chambre.

— Eh bien ? sourit Marcheur. Nous sommes parfaitement propres, bien nettoyés, asticotés, stérilisés. Et ça t'enlève tout goût de faire l'amour, un machin pareil. Bah ! De toutes façons, on ne vient pas ici pour faire l'amour, mais pour le spectacle.

— Quel spectacle ?

— Tu verras.

Marcheur régla quelques cadrans, appuya sur deux boutons, baissa un levier et alla dans son lit. Le petit homme se coucha dans le sien et attendit.

Merveilleuse, profonde, une musique arrivait de loin, avançait inexorablement sur eux, s'installait dans la pièce avec la souveraineté de l'air même. Odeurs. Des parfums doux, ténus, se promenaient d'un mur à l'autre et du plancher au plafond. Voyage-t-on dans un monde nouveau? Visite-t-on des contrées magiques? Langueur qui vient du fond de l'âme et qui vient du monde entier. Les frontières, abolies. La conscience est conscience de l'univers. Splendeur des plaisirs collés à l'épiderme. Le corps se regénère avec ces courants, ces fluides étonnants qui parcourent le système nerveux. De vastes impressions lumineuses caressent les yeux. Renaissance. Acceptation. Le monde est beau. Tout est comme tout doit être. Sommeil. Le sommeil. Le sommeil.

Non. Le petit homme écarta les bras et se retourna vers son compagnon assoupi, à quelques mètres plus loin. Non. Ne pas accepter. C'est un mode de vie où l'homme devient amorphe. L'avenir est planifié. La joie est planifiée. Les raisons de l'action sont coupées.

— Qu'est-ce qui t'arrive? demanda Marcheur, en s'éveillant.

Galuron profita de la situation pour essayer encore une fois d'hypnotiser son ami. Impossible. Celui-ci s'esclaffa.

— Dis, tu ne recommences pas?

— Es-tu vraiment de Solériville?

— Bien sûr.

— Bon. Et comment fais-tu pour résister à cela? À ce «spectacle», comme tu dis.

Marcheur continuait de rire. Le petit homme haussa les épaules et s'endormit, content d'avoir brisé le sortilège.

* * *

Le lendemain, visiblement soucieux, le petit homme demanda à son compagnon si les habitants de la ville se soumettaient souvent au genre de bain et de spectacle qu'ils avaient éprouvés à l'auberge.

— Oh oui. Les bains, c'est régulier. Que veux-tu? C'est tellement confortable. Quant aux spectacles, chacun a quelques appareils chez soi, bien que tous ne disposent pas d'un système aussi complet que celui de l'hôtel.

— Des plaisirs synthétiques, qui frappent directement le cerveau, murmura Galuron. C'est terrible, tu sais.

— Évidemment. Mais ça garantit l'application efficace de la Grande Solution.

— Une ruche. Une termitière. Diable, c'est une humanité toute nouvelle. Quelle catastrophe!

— Oui, approuva Marcheur. Il faut absolument quitter cette ville. En fait, on en est quasiment sortis.

Ils s'engageaient bientôt dans un long corridor dépourvu de moyens de transport, comme si on voulait décourager les gens des deux villes de se rencontrer. Il fallait traverser deux postes satellites, qui ressemblaient, en plus petit, au noyau central de la ville.

— Penses-tu qu'on peut faire quelque chose pour ces gens? demanda le petit homme. Rechanger la vie. Réinstituer l'usage de la volonté individuelle. Réinstaller la liberté.

— Impossible. C'est un autre langage. On ne te comprendrait pas. C'est fini. Fini.

Comme son compagnon semblait bien morose, Marcheur l'encouragea d'une tape sur l'épaule.

— Mais je sens déjà des vents plus frais. Solérigrad. Si l'homme a une chance de survie, c'est bien là-bas.

— Essayons, essayons.

Et ils traversèrent le premier village satellite. Et ils s'engagèrent dans un autre long corridor. Et ils ne parlaient plus, Galuron étant encore trop déprimé, et Marcheur sentant l'espoir lui battre violemment dans la poitrine.

*   *   *

Évidemment, c'était un homme. Il approchait rapidement, tellement qu'on aurait cru qu'il courait.

— Ce n'est pas un gars d'ici, remarqua Galuron.

En effet, les habitants de Solériville étaient tranquilles jusqu'à l'apathie. Lors de l'assaut de la banque, lors de la manifestation, personne, bandit, employé, étudiant, spectateur, passant, policier, n'avait montré le moindre signe d'énervement. Un citoyen de Solériville, courir? Pourquoi? N'avaient-ils pas des machines pour leur conserver les muscles en forme? Et, en cas de difficulté, n'avaient-ils pas un gouvernement pour s'occuper d'eux?

— Mais alors, en conclut le jeune homme au crâne rasé en éclatant de joie, alors, c'est un gars de Solérigrad!

Quand ils furent à quelques pas les uns des autres, Marcheur leva les bras, grand ouverts. L'inconnu eut un geste de défense. Puis, reconnaissant les intentions pacifiques des deux hommes, il se laissa embrasser et répondit vigoureusement aux accolades.

— Moi, je suis fatigué, fit Marcheur. Asseyons-nous. On pourra causer. Comment t'appelles-tu?

— Légaré. Oui, asseyons-nous. Ça fait des heures et des heures que je marche. Heureusement qu'on m'a donné à manger au poste, tout à l'heure. On m'a même offert à coucher. Mais non. Je ne dormirai qu'à Solériville. Pas avant.

Légaré distribua des cigarettes. Tous les trois fumèrent, relaxés, un tabac qui rappelait le cannabis. La vie était douce.

— Mais pourquoi veux-tu aller à Solériville? s'enquit le petit homme.

L'autre écarquilla les yeux comme si on lui demandait pourquoi il voulait aller au paradis.

— Nous autres, vois-tu, on s'en va à Solérigrad.

Légaré écarquilla les yeux encore plus, comme si on lui avait annoncé qu'on s'en allait dare-dare en enfer.

Silence embarrassé. Puis Légaré se mit à réfléchir. Et il raconta son histoire.

— C'est à cause d'hier. Oh, j'avais souvent pensé à venir à Solériville. Enfin, je songeais surtout à quitter Solérigrad. Et où aller, sinon à Solériville? Je dois aussi dire que ce que je lisais et entendais au sujet de votre ville m'emballait. Enfin, un endroit où on peut vivre en paix! Un endroit où la loi et l'ordre ne sont pas imposés à coups de bâton! Oh, je vous dis, bien qu'épuisé, je suis décidé à ne pas m'arrêter avant d'être entré à Solériville.

Il alluma une autre cigarette. Galuron lui demanda de leur raconter ce qui s'était produit la veille.

— Rien de spécial. Mais tant tombe la goutte qu'elle fait déborder le verre. Enfin, tenez, je vais tout vous raconter. J'avais été dans une boutique m'acheter des allumettes. La vendeuse n'a pas voulu m'en vendre. Elle disait que ça n'avait pas d'allure, qu'elle travaillait beaucoup trop, que c'est un rythme inhumain, trois heures d'affilées à tenir un comptoir, qu'elle était mal payée, bref, qu'elle était trop fatiguée pour s'occuper des clients. J'ai répété que je ne voulais que des allumettes. Là, en colère, elle m'a dit d'aller chercher ailleurs, qu'elle n'allait pas se déranger pour un carton d'allumettes, et que de toutes façons ma tête ne lui revenait pas. Bon. J'ai jugé qu'il valait mieux ne pas insister, et je me suis rendu à un restaurant prendre un café. Le garçon m'apporte un café et commence à verser du lait dans ma tasse. « Non, merci » fis-je, « je ne prends pas de lait. » « Ah, Monsieur ne prend pas de lait ? » s'offusqua le garçon. « Eh bien, moi, je ne sers que ceux qui prennent du lait. » « D'accord, d'accord, je prendrai du café au lait ». Mais non. Il ne l'entendait plus de cette façon. Il s'est mis à crier qu'il ne servait que des clients sérieux, qu'il n'aimait d'ailleurs pas ma façon de m'habiller, que j'étais de trop dans son établissement. « Fort bien, je sors ! » « Bien sûr que vous sortez!» hurla-t-il alors, et il appela deux autres garçons. A eux trois, ils me saisirent et me jetèrent sur le trottoir. Je suis tombé tellement raide que je me suis fait une grande coupure au bras. Le sang coulait à terre. Un policier, qui passait, me souleva par le collet. «Alors, on salit la voie publique? Foutez-moi le camp avant que je vous fiche en prison pour un an!» Comme il est inutile de discuter quand on est le plus faible, j'ai décidé de rentrer chez moi. J'en avais marre. Vivre à Solérigrad, c'est vivre dans la jungle. Il faut toujours sortir en groupe, et veiller à ne pas se buter à un groupe plus nombreux. Que le diable les emporte tous, bande de sauvages! On ne peut vivre qu'à Solériville. Alors, j'ai pris ma brosse à dents, quelques effets personnels, je me suis mis en chemin, et me voici. Dites, vous avez vraiment aboli les libertés individuelles, n'est-ce pas? On ne peut pas faire ce qu'on veut, chez vous? Chacun est protégé? On n'est pas victime de la volonté de tous et de chacun? On peut s'épanouir pleinement?

Pendant que Légaré posait ces questions, Marcheur lui demandait si on parvenait encore à vivre selon son coeur à Solérigrad, si on pouvait agir comme on l'entendait, si on respectait toujours les libertés individuelles, si on pouvait respirer et s'épanouir pleinement dans leur société.

C'était joliment saugrenu, et Galuron les écoutait avec ahurissement.

— Un gars peut encore s'affirmer à Solérigrad, mener la vie qui lui plaît? demandait Marcheur.

— Malheureusement oui. Chez vous, c'est bien ordonné, et les abus sont impossibles, n'est-ce pas?

— C'est bien cela. Tout ton avenir est planifié depuis le jour de ta naissance, plus ou moins.

— Magnifique, s'émerveillait Légaré. Rien à craindre d'autrui.

— On couche avec les femmes qu'on veut, chez vous? On mange et on boit ce qui nous tente?

— C'est un fouillis. La vie va au hasard. Chez vous, tout est simplifié, je crois. Votre gouvernement n'est pas arbitraire?

Et ainsi de suite. Le petit homme comprenait bien des choses. Les deux villes étaient totalement politisées. Et la politique est dure pour la survie des politiciens. Certes, on s'entendait des deux côtés sur le régime. Mais la lutte pour le contrôle devait être féroce, brutalement à Solérigrad, plus subtilement à Solériville. Et le milieu politique est dur. Or, il faut bien de l'indulgence pour que la liberté parvienne à s'établir, pour qu'on permette aux gens d'agir librement.

— Malheureusement, remarqua Galuron à

voix haute, l'homme n'est pas porté vers la liberté. Il s'agit encore de dominer, de dominer...

Désabusé, il attendit que les deux jeunes gens aient fini leur conversation.

* * *

Légaré les avait quittés, pressé d'atteindre le centre de Solériville avant que l'épuisement l'empêche d'avancer. Marcheur et Galuron, chacun avec ses pensées, longeaient le long corridor qui menait à Solérigrad. Ce qu'ils venaient d'en apprendre n'avait rien de bien encourageant.

Entre-temps, de grands événements se préparaient. On se sentait au bord d'un grave conflit. Les autorités de Solériville, ayant découvert une bizarre machine qui ressemblait autant à une bombe qu'à un aéronef, venaient d'accuser formellement le gouvernement de Solérigrad de tramer une attaque en règle contre leur ville. Les autorités de Solérigrad, par contre, jugeant qu'il s'agissait là d'un subterfuge pour les détruire tout en préservant le légalisme typique de Solériville, préparaient une attaque surprise, une agression défensive.

Des deux côtés, on songeait à battre l'adversaire avant d'être frappé. C'était un autre des rares contacts entre les deux villes, et comme les précédents, il était chargé de haine.

Le gouvernement de Solériville prit les devants en passant à l'assaut de la machine volante. Galuron s'en rendit compte en percevant une légère vibration dans la boule qu'il portait sur lui.

Il la prit dans ses mains. Du pouce, il repoussa un petit volet qui mit à jour un minuscule écran de télévision.

— Mais c'est une attaque en règle, sourit-il.

— Ton véhicule? s'enquit son compagnon. On l'a découvert?

— Oui. Mais leurs manoeuvres ne peuvent rien. Ils ont beau l'entourer de leurs rayons, ils ne réussiront pas à le forcer, ni même à l'approcher. S'il le faut, je le déménagerai. Pour l'instant, inutile de s'inquiéter.

Et, en sifflotant, il se remit en chemin.

* * *

C'était le dernier poste satellite de Solériville. Les deux compagnons décidèrent de s'installer à un restaurant pour prendre un dernier verre avant d'entrer à Solérigrad.

— Solérigrad! Enfin! Je suis curieux de voir cela. Et toi? Tu ne dis plus rien?

— Oh, vieux, tu sais, des fois, c'est comme une femme: on se demande s'il ne vaut pas

240

mieux chercher qu'avoir trouvé.

— Ça n'a plus l'air de t'emballer. Est-ce à cause de Légaré? Il était peut-être trop pessimiste, suggéra Galuron.

— Je ne crois pas. Non, je ne crois pas. Il avait l'air, lui aussi, de chercher quelque chose de mieux.

L'endroit n'était pas encore totalement automatisé, et un garçon vint leur apporter deux verres. Il regarda d'un oeil bizarre, inquisiteur, le grand jeune homme au crâne rasé.

Ensuite, il consulta brièvement un autre garçon derrière le comptoir. Ce dernier sortit.

On avait fait quelques enquêtes à Solériville. Les recherches avaient permis de repérer deux individus au comportement inquiétant. L'un, petit, aux moustaches noires, au drôle de chapeau melon, semblait parfaitement insignifiant. L'autre avait l'air plus dangereux. On donnait son signalement à la radio: grand, robuste, le crâne rasé, le regard décidé, énergique. Des rumeurs circulaient: il s'agissait d'un espion de Solérigrad, d'un saboteur international, voire d'un ennemi venu de mondes inconnus. De toutes façons, il s'agissait sans doute du responsable de la menace qui pesait sur la ville. Son engin était intouchable. Lui, au moins, il fallait l'éliminer au plus vite.

Bientôt, le petit homme remarquait un attroupement inusité autour du café.

— Curieux, curieux, fit-il. Ils n'ont pas une attitude très pacifique, pour des gens de Solériville.

— Oh, ici, ils ne sont pas totalement disciplinés.

— Je pense qu'il vaut mieux prendre les grands moyens pour partir.

— Je vais voir.

Pendant que le petit homme sortait sa boule de contrôle de sa poche, son compagnon avança vers la foule, qui, craintive, lui ouvrit un passage. Il était englouti dans la multitude pendant que Galuron manipulait quelques boutons. Tout fonctionnait. Il fit venir son vaisseau spatial en contournant Solériville.

Plus loin, la foule entourait Marcheur. Quelques-uns, hostiles, le menaçaient de leurs armes.

— Non, non, cria un homme en uniforme. Il faut un procès en règle. Toi, tu es le procureur. Toi, tu es le défenseur. Je vous écoute.

— Cet homme est responsable du complot dirigé contre notre ville. Il répond au signalement qu'on a tous entendu. Regardez-le: il n'est pas des nôtres. Vu le danger imminent, je réclame la peine de mort sur-le-champ.

— Défense? demanda le juge improvisé.

—Évidemment, fit l'avocat, sa culpabilité ne

fait pas de doute. Je demande seulement qu'il ne soit pas exécuté tout de suite, afin qu'on puisse tirer au clair tout ce qui entoure sa présence.

— L'accusé a-t-il quelque chose à dire?

Marcheur haussa les épaules. La machine volante de son ami approchait.

— L'accusé n'a rien à dire, et il est déclaré coupable, prononça le juge. Nous ne devons pas risquer sa fuite. Tirez!

Quelques rayons traversèrent Marcheur. Il fit une grimace, tituba, tomba sur les genoux, s'écroula.

L'aéronef venait d'atterrir. La foule se sentit secouée, terriblement, et s'écarta pour laisser passer le petit homme vêtu de noir.

Galuron s'inclina sur son ami.

— Marcheur! Marcheur! Viens, vieux, on s'en va.

Le jeune homme, livide, le regarda, un triste sourire aux lèvres. Il se gratta le crâne, faiblement.

— Allons à Solérigrad! fit Galuron.

Marcheur secoua la tête.

— De toutes façons, fit-il, ce n'était pas un espoir sérieux.

Comme dans un rêve, il fit signe au petit homme de regagner sa machine et de s'en retourner chez lui. Puis il ferma les yeux, sourit encore comme sourient ceux pour qui la vie ne sera plus un poids, et s'effondra.

Ainsi mourut le dernier homme sain de Solériville.

Buenos Aires
23 février - 18 mars 1973

TABLE DES MATIÈRES

« Au Viêt-nam ou ailleurs » a été publié dans *Les Écrits du Canada Français* n° 23 (1967). À l'émission L'Atelier des Inédits (Radio-Canada. Réalisateur : M. Gilbert Picard), on a lu des extraits de « 'F' comme dans Féneau » en 1973, de « Le crâne brisé » en 1974 et de « La répétition » en 1975.

Achevé d'imprimer sur les presses
des ateliers Marquis Ltée de Montmagny
le dix novembre 1975
pour le Cercle du Livre de France Ltée